BESOUROS ABSTÊMIOS

Helena Terra

OS DIAS DE SEMPRE

1ª Edição 2023

BESOUROS ABSTÊMIOS

Grafia atualizada segundo o Acordo Ortográfico da Língua Portuguesa de 1990, que entrou em vigor no Brasil em 2009.

Original aprovado em reunião ordinária de 06 de fevereiro de 2023.

Capa e Projeto gráfico
Roseli Vaz

Preparação
Leonardo Valente

Revisão
Press Revisão

Foto de orelha
Divulgação

Besouros Abstêmios é um selo editorial sem fins lucrativos do Literatura Livre. Pelo menos 15% da tiragem deste livro é destinada a projetos sociais de inclusão pela leitura, e doada para bibliotecas públicas e comunitárias.

Dados Internacionais de Catalogação na Publicação (CIP)
(Câmara Brasileira do Livro, SP, Brasil)

Terra, Helena
Os dias de sempre / Helena Terra. -- Rio de Janeiro : Besouros Abstêmios (Literatura Livre), 2023.

ISBN 978-65-980611-1-1

1. Romance brasileiro I. Título.

23-162245 CDD-B869.3

Índices para catálogo sistemático:
1. Romances : Literatura brasileira B869.3

Eliane de Freitas Leite - Bibliotecária - CRB 8/8415

Avenida Marechal Câmara 160, Edifício Orly, sala 1107,
Condomínio Empresarial Chales de Gaulle, Centro,
Rio de Janeiro -RJ, CEP 20.020-080.
contato@besourosabstemios.org.br
www.literaturalivre.org.br
www.besourosabstemios.org.br
facebook.com/besourosabstemios
instagram.com/besourosabstemios
twitter.com/besourosabstemios

OS DIAS DE SEMPRE

Helena Terra

Limpando de página em página
Os cenários onde as enganam
Sobre o seu lugar no mundo.
Adriane Garcia

Sou, mas não tenho de ser filha da minha época.
Wislawa Szymborska

São as histórias de sempre, mas elas terminam.
Fiódor Dostoiévski

Para Maria Tereza, Ana Maria e Henrique

Para Luiz Ruffato e Raduan Nassar

Para Giovani Batalha

E para Duca Cescani

Em uma tarde de outono, aos cinco anos, despenco feito uma folha seca do alto de uma árvore no pátio lá de casa. Tenho o braço, duas costelas, o ombro direito e a minha autoimagem fraturados. Ao voltar do hospital, depois de vinte e quatro horas sob o efeito de uma anestesia, usando uma espécie de casaco de gesso, paro em frente ao espelho. Quero ver o estrago que me fiz. Vejo apenas o meu rosto. Não sou a menina negra que imagino. E então desmaio.

1

Não atendo o telefone às vinte e duas horas e cinquenta e sete minutos, às vinte e duas horas e cinquenta e oito, às vinte e duas horas e cinquenta e nove. Às vinte e três horas em ponto, pulo da cama e, sem os óculos, corro pelo apartamento. Não sei de onde tirei a ideia de que colocar um aparelho fixo na sala me pouparia do celular e me permitiria dormir mais cedo. A geringonça do século vinte, longe do quarto, só me incomoda e alimenta essa fase de insônias alternadas com pesadelos, minhas duas modalidades de solidão preferidas, se é que estou no comando das minhas escolhas. Estar quase sempre acordada quando preciso dormir faz as manhãs, as tardes, as noites, os meus dias serem os de sempre. Um pouco menos, talvez, nas duas vezes por semana em que faço terapia, um recurso de pessoas saudáveis me digo convicta de estar falando a verdade. Verdades sinceras me interessam mais que mentiras. Verdades sinceras são a minha segunda chance, uma espécie de sobrevida que concedo ao populoso espaço do meu passado e a reorganização de seus equívocos. Eu ia dizer dor. Mas seria um erro. É aos fatos que escuto. Eu demorei para aprender a me ouvir, se é que sei. E digo se é que sei, porque, de modo geral, me falta paciência também para o bláblábla das pessoas. Ou vontade. Somente aos afetos à prova de provas de fidelidade e afeto escuto. Esses, bem, esses tenho impressos na mente com a mesma força dos instantes nas fotografias. Não são sons. São "a vida cabe num clique" que me faz sentir uma espécie de álbum. Coisa que tenho aos montes. Eu fiz e herdei alguns. Ou me apropriei. Meus irmãos – os gêmeos univitelinos em maior potência de vínculo que conheço – se queixam, com Nena, de que eu, Mariana, a caçula do pai, não os consultei sobre ser a guardiã das imagens da família. E eles têm razão em se queixar. Surrupiei todas pelo bem de nosso patrimônio genealógico visivelmente em extinção. Eu não sou e não quero ser mãe, e os gêmeos não são pais e parecem também querer distância do ilusório mundo das crianças. Portanto, trazer os álbuns para minha casa não foi de todo errado. Um deslize, quem sabe, do meu padrão de ética e de moral, pequena contradição compatível com a elasticidade dos meus pensamentos e, também, com a do meu desamparo. Eu não conto com quase ninguém. Mas, graças a Zeus, a Tutatis e a outros mitos criados pela homossapiência, confio em Nena e em Marco e, por que não dizer, na acusadora dose dupla de primogênitos que o sangue dos meus pais me deu.

2

O telefone! Sim, lá de longe onde nasci, é Odete, uma das irmãs de Nena, quem me faz levantar às vinte e três horas em ponto do início de uma noite igual às outras. Mais uma vez, dentro do seu melhor estilo mexicano, ela, em meio a soluços, diz: "Mariana, dessa vez, a Nena vai morrer". Não estranho a frase. Perdi a conta de quantas vezes Odete já a deu por morta. Ela sempre foi exagerada. Quando criança, se pisava em uma formiga, abria um berreiro como se tivesse cometido um genocídio, mas o fato é que, em se tratando de Nena, tudo é possível. Desde o transplante, Nena vive um estado de vulnerabilidade imunológica importante. Corre risco de vida se tiver contato com gente resfriada, gripada, doente mesmo. Risco que aumenta quando ela, merecedora do rim que o Estado lhe deu após a tragédia de alguém, tem de viajar para cá, mensalmente, ver em que condições se encontra.

Sua rotina de controle começa antes mesmo do raiar do sol. Bem antes. Por volta das três horas da madrugada, o transporte da prefeitura estaciona em frente à sua casa. Às vezes, ele vem em formato de van. Eu deveria dizer de fusca, porque vão sendo colocadas pessoas nela como elefantes em um. Nena adora piadas com elefantes. E, às vezes, o transporte é um automóvel mesmo em que, devido à sua condição e idade, é permitida a presença de um acompanhante. Em geral, ela traz o marido; de vez em quando, a filha, minha afilhada; e, uma vez que outra, uma irmã. Fico contente, muitíssimo, quando a escolhida é Odete, minha Détinha.

Détinha e eu, para começar, nascemos no mesmo mês e ano e, sem termos, até onde sei, uma gota do mesmo sangue, temos covinhas no rosto e nas costas. Fora isso, sempre tivemos sonhos parecidos e fizemos planos iguais. Se não fossem nossas mães, os pais, as professoras e todas as conversas de comadre dizendo o que pode e não pode existir entre duas meninas de classes sociais diferentes, ela e eu nunca teríamos nos afastado. Ou, melhor dizendo, Détinha não teria ficado para trás. Se ela segue no interior, quase sem instrução, esgotada em um trabalho braçal, os responsáveis por isso têm nome e sobrenome: o meu. Ela queria estudar e se mudar para uma cidade grande tanto quanto os gêmeos e eu. Nena também. Mas meus pais não permitiram, se saíram mal. Vou explicar de que maneira. Por ora, urgente é dizer que quem tem se saído mais ou menos bem é o transporte público, até o de van com sua superlotação. Por incrível que pareça, ele é sempre pontual. Mais que eu.

E digo mais que eu porque o combinado com Nena é de nos encontrarmos às nove e meia na sala de agendamento de consultas. Nesse horário, terminada a bateria de exames, Nena tem uma folga até às onze quando entra para a fila de confirmação de seu horário. Pouco tempo, eu sei e sinto, mas ainda assim, às vezes, chego às dez horas. A razão? Absoluta incompetência. Conheço o hospital de cor e salteado e sei que o trânsito tranca a certa altura do caminho. Nena faz de conta que sou pontual. Sempre sorri quando me vê. Uma vez que outra ri. E aí caímos as duas na gargalhada. Melhor que no choro. No dia em que ela foi chamada para receber o rim, chorei de emoção e me atrasei por um motivo justo: minha mudança de apartamento. Bem verdade que um momento grandioso de meu percurso, mas que envolvido em dezenas de caixas de papel, de dezenas de metros de plástico-bolha e, que ruim, de falta de braços amigos para o pesado. Problema nada comparável à falência dos rins de Nena. O percurso de Nena, embora ligado a mim, pouco tem a ver com o meu. Entre tantas vantagens sobre ela, tive a de nascer endinheirada e de não ter de mergulhar em três sessões semanais de hemodiálise, de quatro horas cada, durante sete anos, duas mil e quinhentas e tantas noites até receber um órgão de outra pessoa. Sherazade poderia ter mais do que duplicado o número de suas histórias nesse tempo. Demorou para passar.

O doador do rim para Nena, com idade para ser meu irmão, até sua morte, saudável, talvez não tenha conhecido nenhuma.

A causa de sua morte? Traumatismo craniano-encefálico. Teve a cabeça quebrada, o coitado. Em algum momento, todo mundo pode ter. Ele poderia ser eu. Nena mesmo poderia ter rachado a dela ao meio na estrada. A ambulância a trouxe a mil. Mas não. A escolhida foi a dele. Por que a sua e não a nossa, volta e meia, me pergunto. E o que houve? Atravessou no sinal fechado fugindo da polícia, terá entrado em uma briga, foi executado? Parte de Nena também quer saber. Convenhamos, não é para qualquer um ser salvo porque alguém morreu.

Ser salvo pela morte de um outro ser humano, por mais que a gente saiba que não tem nada a ver com ela, assusta e, em um certo sentido, fere. O trabalho de aceitação de um órgão que antes funcionava em outro corpo não se dá só nas células. O doador é um estranho, uma alma estranha, um intruso. O de Nena, segundo uma funcionária do hospital, traficava drogas. "Um cara da pesada", ela disse. Como soube, se é que era para saber, Nena e eu não fazemos ideia. E, para Nena, foi uma descoberta dura. O tipo de desgaste desnecessário. O pós-operatório deveria ser de descanso e de paz e não de inquietações sobre a natureza moral do rim recebido, como se um pedaço de corpo tivesse livre arbítrio para fazer escolhas. De tempos em tempos,

Nena se inquieta. Tenha sido ou não um homem mau, ele foi um fora da lei, e ele está nela, ela diz, como se isso pudesse transformá-la em alguém que ela não é.

3

Algumas informações, detalhes sobre Nena que quero contar.

Primeiro: Nena e eu nascemos na região dos Campos de Cima da Serra. Ela, à luz de velas, em um local chamado Guacho, palavra que até hoje desconheço o significado, dentro de uma fazenda dos parentes da minha mãe. Falando desse jeito, até parece que não faço parte da família. Não importa. Importa que, no dia em que eu surgi, na cidade, dentro de um hospital, iluminada por não sei quantos watts e sob a rigorosa supervisão de meu pai médico, ela já tinha vinte e um anos a menos para viver.

Segundo: eu nunca soube como foi sua infância porque ela própria não sabe direito. Não há fotografias, filmes, diários, cartas que a envolvam e meus pais e os dela e ela pouco falaram sobre esse assunto. Sei que foi curta. Aos treze anos, com um buquezinho de flores na mão e uma trouxinha de pertences, Nena entrou pela primeira vez em um carro para ser entregue à Júlia. Júlia? Quem é Júlia? A mãe que me pariu.

Pouca coisa mais velha que Nena e mil vezes mais protegida, o que sei é que Júlia a recebeu sem fazer perguntas, como se ela fosse um presente. Uma pessoa presente, um outro jeito de nomear uma escravidão, porque de Júlia, dos meus pais, Nena não deveria esperar nada além de comida, uma cama e umas mudinhas de roupas e deveria oferecer, é claro, o seu melhor com os cuidados com a casa e com os filhos que minha mãe deveria dar ao meu pai, o senhor seu marido.

Um trato fechado por um triângulo de homens: o pai de Nena, o de minha mãe e o meu. À Júlia, como à Nena, também não cabia opinar. Ela que honrasse o seu lugar, reproduzindo padrões e pessoas, tivesse ela ou não instinto materno, em uma casa perfumada, perfeita e impecável do mesmo modo que à Nena cabia repetir o destino desvalido de sua mãe e de seu pai, seu Miguel, o elo entre nossas famílias. Neto de alforriados, deixado, aos oito anos, em uma de nossas fazendas, seu Miguel, o Miguelzinho, nasceu também para servir e obedecer aos mais afortunados. Os rebentos da família, entre os quais me incluo, geração após geração, sempre precisaram de quem os pajeasse: fosse um guri para tirar suas botas depois das cavalgadas, fosse de uma guria para remover os torrões de barro espalhados pelo chão da casa adentro.

4

Rabuzina certamente também limpava o chão que outras pessoas sujavam. Padres, indígenas, espanhóis, portugueses, paraguaios, homens enfim. Rabuzina? Quem é essa com esse nome? O que é que ela tem a ver com Nena?, alguém pode estar se perguntando. Nada. E tudo. Gente pisada tem sempre muito em comum. Mulheres pisoteadas têm e, como minha memória não evapora feito água, eu guardo cada frase que ouvi sobre as que fizeram parte da árvore que me jogou aqui nesse tempo menos selvagem embora ainda hostil. Rabuzina foi a mulher que pariu o meu bisavô. Ou seja, minha tataravó e, sem sombra de dúvida e de exame de DNA, até onde tenho conhecimento, não importa se por parte de mãe ou de pai, é a mais brasileira de todos os meus antepassados.

Eu penso que esse nunca foi o seu nome verdadeiro. Rabuzina são quatro sílabas que não batem de um jeito bonito no céu da boca. Bastante feio na verdade e que não encontrei em nenhum registro de nomes indígenas nascidos na região dos Sete Povos das Missões quando eles estavam, entre crucifixos nas mãos e cruzes em cemitérios, dizimando, em nome de seu Deus onipresente, onisciente e incompetente, uma cultura. Rabuzina, talvez, gostasse de ser chamada assim. A necessidade de sobreviver faz a gente se acostumar com tantas coisas. Ou quase. Nem tudo o que nos é imposto nos pertence. Descobri que Rabuzina é um nome croata. Hoje em dia é. Na época em que ela vivia, nem sei a Croácia já existia. É provável que fizesse parte do Sacro Império Romano-germânico. De qualquer forma, acredito que esse não tenho sido, não, o seu primeiro nome. Ela foi obrigada a aceitá-lo. Pense: se surgisse na sua frente um homem armado, de botas ou de batina, com os olhos de fé nas igrejas e ateus diante de você, gritando, batendo, empurrando, entre outros verbos violentos, você não diria me chamo, sim, Rabuzina ou o que quer te chamassem para continuar viva? Eu, aqui, em pleno século 21, volta e meia, digo sim para situações que odeio.

Júlia, a minha não brasileiríssima mãe como essa minha tataravó, sempre detestou e evitou esse assunto e se aborreceu com o meu falatório a respeito. O meu pai não. O meu pai, apesar de amar sua Júlia, sempre demonstrou uma pitada de orgulho por carregar o sangue de uma sobrevivente no sentido mais vigoroso da palavra. Em seu imaginário, como no meu, Rabuzina é mãe de toda a nossa força, a mulher-tronco da família, forte como Nena, também aviltada e inquebrável. Em um certo sentido, uma pessoa com a dignidade à prova de abusos.

E ela foi abusada. Abusada é um eufemismo. Rabuzina foi caçada a cavalo e a cachorro pela criatura que se tornou o meu tataravô, um espanhol civilizado do velho mundo que nunca se entendeu como um animal. O bicho sempre foi ela. Eu disse, em um jantar cheio de convidados dos meus pais, lá em casa, que os costumes das gentes catequizadas eram esquisitos para o meu gosto. Riram, é claro, da menina engraçadinha e quiseram saber o porquê de eu pensar assim. Se não tivessem perguntado, eu teria me dado por satisfeita com essa declaração. Aí falei porque a minha tatara Rabuzina, mãe do meu avô, bisa do meu pai nunca foi cortejada e pedida em casamento como vocês todos dizem que uma mulher tem de ser para fazer sexo com um homem.

Sexo, palavra mágica para se ter a noite por encerrada quando se é uma criança. Júlia, com seus guardanapos de linho, com seus dentes brancos nuvem, sorrindo para todos feito uma boneca, lembrou, mentirosa com o seu olhar de você me paga, sua magricela, que eu tinha ainda temas escolares por fazer e, portanto, teria então de me recolher. Não tenho, eu disse. Não tenho temas. Tem, ela repetiu. Não tenho bosta nenhuma. Ah, tem, ela disse me pegando pelo braço para me levar de castigo. Depois, no devido momento, se desculpando com os convidados, ela disse vou explicar à essa pequena rebelde a importância de saber dominar a língua e as sutilezas nas relações sociais. E veio mesmo, com seu manualzinho, me passar as regras de como manter uma boa imagem e conversa.

Primeira: não se pode falar sobre tudo com todos, alguns assuntos são delicados. Sexo é um deles. Mulheres não devem falar, ainda mais na presença de homens, para evitar julgamentos. Entendi, mas não concordei. Os gêmeos sempre tiveram carta branca para falar. Achei covarde e injusto. Injusto com Rabuzina, com Nena, comigo e mesmo com ela, todas nós, em alguma escala, tratadas como descerebradas, mortas.

Nena muitas vezes foi tratada como se não existisse. Nos dias de festas, surgia como um cadáver de luxo. Participava para, cheia de vida e de graça, usando o uniforme e o avental de brocado que confirmavam o quanto ela era uma pessoa sem grife, carregar bandejas, limpar os cinzeiros e resolver os pequenos acidentes com bebidas e comidas. Por que Júlia permitia e coordenava essa submissão e se fingia ela mesma de morta eu não entendia. Tampouco por que eu, criança, tinha de fazer parte de toda aquela encenação e ofensa.

Repetição de padrões, um dia me dei conta. O seu Miguel, pai de Nena, apesar de ser homem, também se submeteu, sem demonstrar mágoa ou desagrado, às regras dos patrões obedientes às regras da comunidade, obedientes às regras da capital e do capital por aí vai. Conforme todos outros homens pobres e negros de sua geração, ele se casou com uma moça moldada à sua imagem, cor e invisibilidade. E os meus pais, como o seu Miguel, fizeram o mesmo e se casaram, iguaizinhos, conforme o esperado entre as suas valorizadas peles brancas. A de Júlia potencializada pela árvore dos latifundiários que faz com que eu sinta um tanto de antipatia pelos amigos antigos da família, por alguns parentes e, inclusive, por mim até hoje. Eu gosto de mim. Não gosto é do que o meu espelho de castelo de rainha má revela. Se por um lado, ele me garantiu conforto e segurança em um berço dourado, por outro, martela na minha cabeça as brutalidades sofridas por Nena e Rabuzina. Mulheres vermes encarceradas, dominadas, violadas como, em alguns aspectos, Détinha ainda é.

Eu me sinto responsável pela vidinha miserável que Détinha leva, pelos dias sempre iguais e sem futuro dela e de Nena. Eu sempre tenho a vida pela frente e sei que outras Marianas, como em algum momento patético fui, herdeiras de um complexo de branquitude e de majestade, seguem também tendo em uma cadeia de privilégios. De quem sou filha e neta me perguntam desde o meu primeiro dia na escola. Ninguém esquece do cadastro de riqueza e de brancura, eterno certificado de garantia de qualidade, como os que as vaquinhas holandesas leiloadas em remates possuem. E isso é péssimo, mas vai ver o que fazem com a parte do rebanho que não é selecionada.

5

Há mais de uma década, outro telefonema tão perturbador quanto o de Détinha, também por volta das onze horas da noite, me fez correr pela casa. Posso dizer que o primeiro de uma sequência de forte emoções, não necessariamente boas, tampouco necessariamente más. Emoções à Roberto Carlos, que Nena cantarolava para os próprios ouvidos. Marco me ligou. Ei Mari, e aí, sou eu, o Marco, o teu namorado dos tempos em que seríamos felizes para sempre. É. Foi isso ou mais ou menos isso que ele disse. Uma fala um pouco distante do protocolo das pessoas que não estão em contato desde o século passado. Protocolos e Marco nunca se deram bem. Tem coisas que foram feitas para não se entender. Mas Marco é, não houve fase em que não tenha sido, um ser de luz, como gostam de dizer os místicos, então, ele pode com tudo, pode tudo. Pessoa da categoria pode tudo, porque seu tudo é ético demais para ferir alguém. O meu não. Então, só para exercitar a implicância, perguntei: quem, que Marco, antes de dar uma gargalhada e dele dizer que, comigo, uma abordagem memorativa era mais do que necessária porque, além de distraída, eu tinha péssimo senso de piada e de ouvido. Verdade. Nota zero para a minha audição embora eu passe longe de ser surda. Estou mais para distraída e esquecida. Agora, para reconhecer sua voz, apesar de o nosso felizes para sempre ter evaporado, bastaria um alô. De qualquer modo, anunciar-se assim, dentro de um currículo sentimental, foi inteligente e produtivo. Quebrou-se a geleira do tempo em um segundo ou átimo como ele gostava de dizer.

Mas e aí, ele ligou para me namorar, renamorar? Se você pensou isso, pensou usando o mesmo sistema narcísico da indústria do amor que me atingiu em cheio na hora e que, é claro, estava fora de contexto e de cogitação. Marco ligou porque tinha acabado de salvar Nena. Foi ele o primeiro médico a salvá-la lá. Devo a ele a fuga de um encontro com uma de suas não sei quantas mortes. A passagem de corrida para maratona de saúde, no caso de falta de saúde, de Nena começou no exato dia, hora e local em que Marco estava: em frente ao prédio de seu consultório como se tivesse sido agendado uma consulta. Acompanhada por Détinha, ela desmaiou na calçada a uma meia dúzia de passos da porta de entrada. Estava indo consultar com o meu pai. Há semanas, tonta e fraca, ela procurava pelo médico do posto de saúde que não a examinava. Sequer a olhava. De cabeça baixa, de costas, fazendo qualquer coisa, ele receitava um anti-inflamatório e fim de tratamento. O meu pai, qualquer médico decente, não seria tão indiferente e irresponsável e incompetente, mas o meu pai estava aqui, ensaiando os primeiros passos de sua aposentadoria e de sua vida sem a minha mãe, coisa que Nena e Détinha não sabiam por que eu perdera o gosto de falar sobre ele.

Os assuntos de meu pai, desde que Júlia morrera e ele levara Hidra para morar com ele, me aborreciam em altíssima potência. Bem verdade que ele a convidara apenas para um final de semana lá em casa, e ela o surpreendera com uma bagagem proporcional à sua falta de bom senso e ao seu interesse financeiro. A ele e a nós. Até essa data, o pai parecia sofrer tanto com a perda de Júlia que os gêmeos e eu não imaginávamos que ele fosse arrumar, tão cedo, uma sucessora para a nossa mãe, mesmo que boa, o que nunca foi o caso. É. Júlia, a mãe que pariu os meus quatro quilos nos embalos de um sábado gélido, morreu. E Hidra, a mulher a quem ele conheceu por acaso, e ela, por incrível que pareça, se conheceram. Nunca foram amigas: incompatibilidade à primeira vista. Eu estava presente no dia, e a única observação de Júlia sobre a criatura, depois de uma hora, foi um bah, que porre essa mulher, minha filha. Uma de suas tias, carente o suficiente para suportar qualquer chata, andava com Hidra de lá para cá e, de lá para cá, acabou lá em casa na tarde em que Júlia marcara para receber e se livrar, de uma só vez e o quanto antes da curiosidade da parentada que soubera de sua doença. Naturalmente, o meu pai estava em casa. Naturalmente, ele foi também apresentado à figura. Momento insignificante para ele, mas, pelo que viemos a saber, inesquecível para Hidra.

A falta de luz de Hidra, o seu azedume e a sua pouca sensibilidade não a impediram de lembrar dessa visita e de me falar nela como tendo sido de uma tarde magnífica: ou seja, do dia em que ela conheceu o amor de sua vida e que deu início aos seus planos de descolorir nossa casa. Objetivo alcançado com todas as tintas e estrelinhas. Suas grosserias e o seu espírito rústico nos venceram. De round em round, nem todo o amor dos gêmeos e meu pelo pai nos impediram de bater em retirada. A minha foi por um somenos como dizia a minha avó paterna.

Hospedada em nossa casa, sob a administração da cabeçuda, na cozinha, sentada à ponta da mesa, não consegui manter o sangue frio diante da toalha manchada, do fogão desligado e do café com leite gelado já servidos na xícara e aceitei, sem dizer uma palavra, a sugestão de que quem não gostasse de como as coisas práticas são que fosse para um hotel. Fui sem mesmo me despedir do pai. Deixei um bilhete: Pai, enquanto você dorme, percebo que não tenho vocação nem para carrasca nem para vítima, sua mulher é muito hostil. Discutiram os dois. Eu soube pela empregada que ele chamou a criatura de mal-educada e uma coisa que outra dessa natureza, mas não me pediu para eu voltar para casa.

6

O pai não se moveu. O tempo não se move. O tempo está diretamente ligado à vida. Se ela não realiza, ele não existe. Não sai do lugar. Os dias serão um único se nada de novo surgir no front e serão também únicos se de muito impacto. O que aconteceu há mais de uma década e antes e, também, depois dessa época, está no presente, como se todos os dias fossem o presente. Mesmo os mais distantes parecem estar aqui. No máximo, aconteceram ontem, nas últimas vinte e quatro horas, indestrutíveis como a realidade. A realidade é a ficção mais bem-sucedida que conheço. Eu, aqui sentada em minha poltrona favorita, tenho, também, as minhas pernas caminhando, com Marco, no hospital em que a sensação térmica no lado de dentro quase não diverge da que se espalha pela cidade.

Como em nossa infância, o hospital de V segue fora do século dos aquecedores. Ele e a cidade. Os ossos das minhas mãos doem dentro das luvas e os dos pés dentro das botas. Depois de horas dirigindo pela estrada em que, menina, eu testemunhava as barbeiragens do pai, feito um boneco de corda, preciso de ajuda externa para me recompor. Peço a Marco por um relaxante muscular e um analgésico. Minha cabeça não suporta sequer a ideia de dor física. Minha cabeça já não suporta traumas e desamparos, eu digo a ele, segurando-o pelo braço, e, também, não tolera que caminhem enquanto falo e que não respondam às minhas perguntas. O que houve com Nena? Por que ela está amarrada à cama? Por que você permite que façam isso com ela? Ele diminui o passo. Ele não gosta de gente sem limite. Ele já me deu limites, já me deixou falando sozinha como Júlia e Nena me disseram que ele faria se eu continuasse a ser invasiva. Pense uma, duas, três vezes antes de segurar as pessoas e pense duas, três, quatro, muitas vezes antes de abrir a boca. Eu tenho língua, saliva, dentes e palavras desobedientes, me comporto mal, cruzo a linha. Nena sabe. E sabe me desculpar e educar ainda que uma parte de seus esforços para me tornar uma criatura dócil tenha falhado. E reconhecer é um progresso, um caminho para o acerto. Eu me pareço com o meu pai antes de conhecer Júlia. Sou mais um produto dele que dela e de Júlia. O meu jeito e as minhas falas remetem às dele, sem rodeios, até duras, com quem tem intimidade e macias com os estranhos. O pai está ficando parecido com Hidra, a estranha em nosso ninho, rude em tempo integral, mesmo com os que fazem parte do clube de seu restrito coração veneno.

Hidra adora veneno, animais peçonhentos e pedras e pessoas preciosas. Detesta as mixurucas sem dinheiro e prestígio. Mixuruca faz parte de seu léxico. Sua linguagem tem personalidade e classe social. E o seu autocontrole milenar, mitológico, não é danificado como o meu. Eu meto os pés pelas mãos. Júlia e Nena empenharam-se pela minha educação. Manual não me faltou. Eu que sou o que sou e mal-agradecida por escolha, talvez, oposição. Talvez, também, por algum tipo de tentativa de escape. Nena está amarrada à cama para não poder fugir. Marco fez, faz o possível por ela. Ela também. Mas são muitos os medos que a trouxeram até este dia. Juntos, somando-se no tempo, dela e de seus antepassados, eles formam um fantasma e um açoite. Uma doença não deixa de ser uma chibata de humilhações. As pessoas da árvore genealógica de Nena que o digam. Viveram a violência. As pessoas da minha, uma quantidade indecente de vezes, estiveram prontas para produzi-la. A árvore da minha vida em sentido amplo, livre e prepotente para crescer e frutificar, assim como a de Marco, produziu assombração e não sombra, o que o torna um marco em nossa estrutura, porque Marco é bondoso, um salvo conduto em forma de homem. Se Nena, doente e medicada, não tem como se expressar de modo racional e grato, eu tenho. E deveria. Eu estou cem por cento saudável. Ou quase. O estado de Nena me faz lembrar de Júlia em direção ao seu sono eterno e me joga em uma mágoa que nunca dei conta. O aprendizado da morte é uma farsa.

7

Então, encerro o telefonema, o de Détinha, que me fez correr pela casa às onze horas da noite, dizendo a ela para ficar calma, tranquila, toda a ladainha, e garantindo que amanhã cedinho tudo estará no devido lugar com Nena sã e salva. A bem da verdade, fico preocupada sem saber o que fazer, ainda mais a distância. Começo pelo que me parece o centro, ponto de partida para qualquer lugar: ligando para a casa de Nena. Quero falar com ela apesar do horário. Atende a minha afilhada, falando baixinho, bocejando uma adolescência incansável. Ela não sabe me dizer se está acontecendo algo. Não notou nada. A mãe está dormindo faz tempo, responde, sem saber ao certo quanto e devagar como se falasse dormindo. Vai ver a criaturinha fala. Vai ver atendeu o telefone em meio a uma crise de sonambulismo.

Lá em casa, um dos gêmeos saía para a rua de pijama, de camiseta, de cueca, nu, do jeito que estivesse, de vez em quando. O pai chamava o passeio de Episódio Noturno e o tratava com toda pompa, circunstância e medicina. O cheiro era de manipulação. De Episódio Malandragem, eu diria.

No rosto do meu irmão, não havia nem sombra da falada face perdida dos sonâmbulos. Júlia, com seu nariz aprimorado pela maternidade, também desconfiava, mas, com a conivência de Nena, calava-se. Nem sob a mira de um fuzil, ela delataria um filho. Júlia detestava gente dedo-duro. De acordo com ela, não há pior tipo de pessoa.

Na casa de Nena, há três tipos: ela, Pedro e a minha afilhada meio zumbizada. Três tipos de pessoas boas. Nem de longe eles são maus. Conforme o padrão a serem comparados, podem ser mal-interpretados. Gente como eu os julga. Desaprender a julgar é uma das minhas metas. E uma das difíceis. Eu devo ser difícil para a família de Nena embora a gente se entenda há gerações. Minha afilhada me compreende, toma a iniciativa de colocar Pedro na linha para falar comigo. Ela não diz na linha. Linha não faz parte do discurso da pós-modernidade ou nova contemporaneidade, ou seja lá o que vivemos. As palavras e as ideias começam a viver pela metade. É aniver, é findi e um bocado de outros encolhimentos entre nós. Eu gosto das palavras alongadas, inteiras. O século vinte persiste em minhas sinapses, mas o Júlio Verne de minha infância não dá conta do recado. Existem coisas diferentes demais agora. Mais que desejos. As coisas os antecedem e aos sonhos. Sonhar é luxo, devaneio. Na rotina de Pedro, devaneios não se sustentam. Sua vida acontece em poucos metros quadrados de despesas e de sacrifícios. Os dedos de suas mãos estão tortos e os seus braços, por força da quantidade de casas que pôs em pé para outros homens, dão uma surra nos dos turbinados das academias. Mas o que impressiona nele é o coração. O coração de Pedro a gente escuta pelo telefone.

Pedro, falo. Sim, dona Mariana, ele me responde. Não tem cabimento Pedro me chamar de dona. O tratamento submisso revela a verticalidade que não deve mais haver entre nós e que não há, nunca houve, em dose alguma entre mim e Nena. Houve com Júlia, com o meu pai, com os gêmeos, mas não comigo. Pedro sabe e mesmo assim não consegue, por mais que eu repita me chame pelo meu nome, romper com ela. E eu não quero dominá-lo. Estou no telefone por estima também a ele. Gosto de Pedro. Gosto do homem que Nena ama, Nena demorou a ter tempo para construir a própria família. O som de sua respiração, dentro da névoa de impotências que o encobrem e o emparedam em dias sempre iguais, me comove. Pedro é uma tradução, uma voz de Nena e de uma melancolia, que a ambos pertence, capaz de derrubar feito peças de um dominó, um a um, os meus simulacros de felicidade. Possuo simulacros, em larga escala, desde o meu nascimento e é provável que assim seja até o meu fim.

Os meus mortos levaram os deles, seguiram aquecidos em lençóis e pijamas limpos, nutridos de conforto e atenções até o caixão, mesmo sendo o fim um voto compulsório de extrema pobreza. Os mortos não possuem nada. O desnudamento da morte é implacável e, às vezes, perverso. O empurra-empurra do caixão de meu pai dentro do túmulo de Júlia, sim, ele também está morto, foi um show de horror. Ele queria ser enterrado com a minha avó. Os filhos lutam pelo útero perdido, mas os gêmeos disseram não. O que Deus uniu a terra não separa, o pai tem de ficar com nossa mãe. Péssima ideia. Os ossos de Júlia, nunca imaginei vê-la despedaçada dentro de um saco de plástico azul, não queriam ceder espaço. Desentenderam-se os dois cadáveres quando a casa deixou de ser grande, obrigando o coveiro, em sua rotina sem encanto, a expor restos de quem nos herdamos.

De que herança Pedro vem, que tipo de herança deixará? Depois do sim, dona Mariana, ele não me oferece mais nada. Nem um boa noite. Aquieta-se no que sente por Nena e talvez isso lhe baste. O amor de Nena e Pedro não depende do estado de nada. Existe. Meus pais amaram-se de acordo com os seus estados de espírito e de contas bancárias. Por sorte, em ambos, houve fartura.

8

Estamos os três na sala de tevê: os gêmeos e eu. Um de nós quebrou o móvel em que está o toca-discos do pai. Acidente pequeno em algo que ele considera grande. Uma ripa fininha alinhada com as outras, todas meramente decorativas. A segunda de cima para baixo, para ser exata, se partiu. São cinco em um intervalo que cabem, mais ou menos, meus dez dedos infantis.

A tarde está abafada, daqui a pouco apita feito uma chaleira. Nena chega usando mais um dos vestidos de que Júlia se cansou. O guarda-roupa de Nena é quase inteiro sobra do dela. Esse está um pouco folgado nos ombros, na cintura e muito comprido. De Maria mijona, a mãe chama o comprimento. Júlia tem, no mínimo, dez centímetros a mais de altura e é mais larga. O seu corpo não esconde os nossos nascimentos. Ela não é gorda, só perdeu a cintura. Os gêmeos a comeram cada um por um lado. E eu, com quatro quilos e cem gramas a roí, lambi em todos. Nos de Nena não há excessos, apenas delicadezas e graciosidades. E é fazendo bom uso de ambas que Nena descobre quem quebrou o toca-discos do pai.

Descobre com doçura. A doçura tem peso. Não resisto ao olhar sincero e à voz calma e choro. Não queria ser o passarinho estabanado, a caturrita magricela que não cabe direito dentro da própria penugem e que escala as paredes e a mobília e estraga os objetos estimados do pai, da mãe, da casa. Não queria, mas, nessa gaiola, a culpa é minha.

9

Os amigos de meus pais dizem que ele e a mãe parecem dois astros de cinema. O pai não consegue descer a escadaria lá de casa sem se espiar no espelho bisotê, herança da família de Júlia cobrindo parte da grande parede em frente. Dá quase para se ler nele a legenda: uma produção de David Selznick. Dos seus parentes, coitado, o pai não herdou nada, exceto o vasto mundo da arte.

O vasto mundo da arte é incomparavelmente mais interessante que qualquer outro, sendo que, no de meu pai, a leitura dá as coordenadas. Ele herdou, eu ia esquecendo de dizer, a disciplina do pai dele, meu avô militar comunista e ateu, para o trabalho e uma equivalente disciplina para acolher os designíos de Deus. Deus é um assunto da minha avó, uma espírita que passou quarenta anos de sua vidinha beijando a mão dos santos padres da Santa Igreja Apostólica Romana.

A mãe de minha mãe, por sua vez, não fica para trás da mãe do meu pai no quesito fé. Por nada, ou quase, deixa de ir à missa das seis nos domingos, de confessar sua mente pecadora e de molhar a mão da igreja com sua saliva e com suas moedas. E de digerir o corpo industrializado de Jesus Cristo. Eu não faço nenhuma coisa nem outra. Não fiz a primeira comunhão, não escuto correntes, não vejo vultos correndo. A religião não me encanta. E o medo do Deus Pai Todo-Poderoso idem. Mas essa avó, mãe de Júlia, apesar de seu comprometimento com o divino, sim. Apesar de seu aberto comércio com a igreja, ela gosta de fazer perguntas. Mais que isso: ela gosta de duvidar. Por isso, diferentemente da avó espírita, a absolvo, de sete a zero, de sua carolice. Não que ela precise. Ela, por exemplo, no ano seguinte ao nascimento de Júlia, fez um aborto. Um aborto na época da Segunda Guerra Mundial. E fez porque outra criança, além de não traduzir o seu ideal de felicidade, só prejudicaria sua carreira de professora. Fora isso, que não é pouco, estar grávida, parindo, amamentando, trocando fraldas e passando noites a afastava do meu avô. Júlia detesta ouvir essas histórias. Sente vergonha desse desquerer materno e orgulho por ter escolhido, para ser o pai dos filhos dela, um homem que gosta de crianças.

Os meus pais são afinados. Almas gêmeas segundo a mãe do pai. E juntos, eles se potencializam. Júlia, também, venera o mundo mágico do espelho bisotê. Degrau por degrau, colocando a perna direita um pouco à frente da esquerda e sorrindo, ela desce a escada hipnotizada por si mesma. Não se dá um autógrafo por falta de papel e caneta.

Os gêmeos e eu, às vezes, a aplaudimos. Ela é uma beleza. O pai diz que ela lembra Gilda, personagem de uma ruiva de Hollywood, de uma entre as muitas que penaram para sobreviver aos homens.

E o pai sabe desse detalhe? Claro. Mas o cinema, para ele, é um universo perfeito. Portanto, finge que não. O pai sabe mais sobre os estúdios, os produtores, diretores, roteiristas e atores que sobre os gêmeos e eu, os desdobramentos falantes de sua carne. Sabe porque, além de ver os filmes, ele coleciona revistas sobre o assunto. Eu adoro cheiro de revistas. Nena adora vestidos. E Júlia, penteados das estrelas. O pai a está instruindo desde o dia em que se conheceram, tentando sofisticar seu pensamento em troca do amor e do toque de classe que ela carrega.

10

No almoço, pergunto à Júlia se é verdade que ela não queria que eu nascesse. Os gêmeos disseram que se não fosse pela oposição do pai e pela promessa de Nena de ajudá-la, dia e noite, ela teria me abortado. Júlia derruba o garfo sobre o prato, respinga grãos de arroz e um pouco de molho vermelho sobre a toalha e grita olha só o que você me fez fazer, Mariana!

A hipótese de não me ter, me ter, não me ter, me ter a desestabiliza. É tenso o assunto. E a culpa tem de recair sobre alguém ou algo. Melhor algo. Júlia é habilidosa, e o assunto é por demais complexo. Como dizem os gêmeos, eu fiz uma ocupação uterina não planejada. Ela chama então Nena e nos manda sair porque elas precisam limpar a sujeira antes que a toalha manche. Toalha antiga, peça de estimação. A que está em jogo pertenceu a tia não sei quem, pilar dourado da família. Uma conversa que não me distrai e que faz a fofoca dos gêmeos sobre o aborto parecer verdade, uma verdade que me fere. Não é de hoje que os dois me agridem. Ferir é um verbo pesado. Eu sou leve, poderia usar outro, dispensar o exagero, mas sinto raiva da dupla sempre se rindo, me chamando de estorvo.

O pai compreende a dinâmica de Júlia. Ele próprio usa essa tática conosco. Mas a pressa de Júlia está para além da encenação. Ela não sabe o que me responder e está ficando difícil, para ambos, escaparem de mim. Ele recorre ao trunfo de sempre: a medicina. Do nada, lembra que precisa de um treco esquecido no consultório. Pede à Júlia que vá buscar. Ela sai pela porta. Ele sai atrás. Ficamos Nena e eu frente a frente. Ela pode falar. Jure pela minha vida que você não sabe de nada, Nena. Nena foi batizada, acredita em Deus, confia nele e o teme mais que a seu Miguel, mas ela não fez a primeira comunhão, como fazem as meninas brancas vestidas de branco, então haveria de jurar pela minha vida por quê? Dá as costas, simplesmente, e vai fazer suas coisas.

11

Nos domingos, após arrumar a cozinha, Nena toma banho, passa batom, perfume, coloca uma roupa com ar de nova, pega a bolsa e a minha mão e vamos visitar o seu Miguel, o pai que a deu de presente aos meus não sei se por falta de memória do próprio abandono, se por causa desse abandono ou se porque não suportava ver sua família passando necessidades. E nós duas vamos a pé, conversando e cantando estava à toa na vida, o meu amor me chamou, pra ver a banda passar cantando coisas de amor. Os meus pais ficam em casa, recolhidos em seu quarto para os seus sonos de beleza. Não há recomendações, a confiança em Nena é absoluta. Dizem: bom domingo, Nena. Lembranças ao Miguel! Seja boazinha, Mariana. Esse tipo de frase. Os gêmeos também não nos acompanham. Ficam fortalecendo a sua existência de ser dois em um ou um em dois em meio a seus forte-apaches, autoramas e outros brinquedos. Nenhum dos dois, de propósito, menospreza Nena e os seus familiares. Mas a casa pobrinha de seu Miguel os perturba, e eles acabam por dizer bobagens. Júlia nem sonha. E Nena não conta. Não é fofoqueira nem quando triste. Os gêmeos a deixaram triste com piadas infames sobre a penúria do lugar. E eu por ter ido para cima deles com cuspes e cara feia. Júlia gostaria que eu fosse menos careteira e mais bonita. Entre as suas crenças, está a de que beleza se lapida. Eu não sou uma menina do tipo princesa e, ao contrário dela, que se arruma até para dormir e de Nena que se enfeita para ver o pai e os irmãos, me sinto bem quando estou de macacão e de botinas. O conforto me predispõe a ser paciente e a ter a doçura que Júlia quer em mim.

Seu Miguel, sim, é uma pessoa doce, um bolinho. Dá vontade de afofar. Não faz muitos anos que ele veio morar na cidade. Saiu do Guacho depois que enviuvou com o restante dos filhos nunca dados a ninguém. Desde então, mora na casa que cabe inteira na garagem da minha sem reclamar. E contente. Mesmo sem pintura por dentro e por fora e com frestas entre as tábuas, ela não parece improvisada. Nas paredes, de cima a baixo, há pôsteres de atores de televisão e, no lugar das portas, há cortinas. Banheiro não tem. Tem um tanque na cozinha em que lavam as louças, as roupas, as mãos, os dentes, os rostos e a alma se for o caso. Seu Miguel diz que a gente tem de lavar a alma das mágoas antes de todas as outras coisas.

E, no lado de fora, no fundo do quintal, tem a latrina. Uma latrina é um negócio esquisito. Parece um vaso sanitário, mas é uma caixa de ripas em cima de um poço dentro de uma espécie de casinha de bonecas tristes. Seu Miguel não quer que eu a use. Júlia, também, não. Providenciou um penico cor-de-rosa com o meu nome. Não acho certo. Não é de bom-tom como ela gosta de dizer. O porquê ela não explica, mas a avó materna disse que é porque Júlia caiu em uma, aos quatro anos de idade, e quase morreu afogada em cocô e no próprio cheiro. Dias e dias de banhos e banhos até ele sair de seu corpinho. Como a resgataram não entendi direito. Alguém teve de descer. Não duvido que tenha sido o próprio seu Miguel.

12

Se Júlia estivesse viva, me pediria calma. Se Nena não estivesse acamada, faria o mesmo. Não se toma decisões com a cabeça quente, Mariana. Isso vale para você e para todo mundo. O todo mundo da família de Nena nem se fala. Ninguém entre os dela se sente e está forte para tomar decisões que a envolvam. Há muita impotência no entorno deles. Sempre houve. Mesmo no meu tempo de menina encastelada, pude montar o quebra-cabeças do beco sem saída de Nena e outros descendentes de seu Miguel. Quando Júlia veio conversar sobre diferenças sociais, destinos, planos de Deus, políticos, militares, dos homens, enfim, a criatividade da miséria e das injustiças não me surpreendeu.

A boca de seu Miguel ficando vazia, perdendo os dentes, me surpreendeu antes. Nena e Détinha escondendo também, com as mãos, suas dentições tortas e amarelas, chorando de dor e de vergonha me surpreenderam. Nena em lamentos baixinhos, como o tinir de suas moedas, tirando o pó, passando o aspirador, lavando as janelas enquanto eu fazia os meus temas, brincava e tagarelava, descompassada com o universo da rotina da minha casa, de meu futuro bem traçado em cadernos de sorte, foi mais do que o suficiente para a vida se chocar comigo.

Eu tenho, tive muitas vidas e cadernos. De inúmeros tipos. Pude escolher e renovar a mim mesma e ao meu material escolar, ano após ano, com Nena me acompanhando à papelaria para eu decidir entre uma e outra capa. Ela teve sobras, as sobras dos restos meus e dos gêmeos, blocos de páginas grudadas com melecas feitas no fogão à lenha. Tudo usado. Tudo de segunda linha. Tudo borrado, marcado e inapagável.

13

Nena tinha trinta e pouquíssimos anos quando ela e eu estávamos na quinta série. Eu matriculada no turno da manhã, de uniforme limpinho, cheia de energia e de graça; ela, no da noite, com as roupas amassadas e o corpo exaurido por ser a primeira pessoa a acordar e a última a se recolher lá em casa. Uma vez por semana, às vezes duas, uma que outra tarefa de aula, conseguíamos fazer juntas. Melhor momento do dia. Lado a lado, sentadas então à mesa da cozinha, ela elogiava minha letra, e eu a dela. Ela me fazia perguntas, e eu a ela. Ela me mostrava suas notas, e eu idem, e com orgulho, nos dava parabéns por sermos estudantes dedicadas, cheias de futuro, altamente promissoras. Como isso passava pela minha cabeça? Nove anos de idade!

Júlia, a distância, acompanhava nosso aprendizado. Mesmo o meu não lhe interessava muito. O processo não interessava. O resultado, sim. Não ia ao colégio para reuniões, não me perguntava se eu tinha estudado para a prova A ou B ou tanto faz. Não tinha tempo. Corria atrás de sua própria educação. Perdera anos demais sendo mãe e esposa. Daqui pra frente, tudo vai ser diferente, você vai aprender a ser gente, cantava no chuveiro. A gente tem de estudar, ela dizia à Nena. Ou melhor, disse enquanto lhe foi conveniente. Eu tenho de estudar passou a dizer quando resolveu fazer pós-graduação em outra cidade. Sendo esposa de um médico cada vez mais próspero, não tinha cabimento ela permanecer ignorante. Portanto, em nome dele e no nosso, anunciou que, durante dois anos, quase todas as semanas, enfrentaria a estrada, pernoitaria em um hotel nas segundas e terças-feiras e que Nena ficaria conosco em seu lugar. Nena já ocupava o seu lugar. E o do pai.

O pai não tinha paciência para as trivialidades do mundo infantil embora fosse um homem adaptado à rotina que Júlia, pela primeira vez, quebrava, movendo o caleidoscópio tão bem ajeitadinho da família sabe-se lá para que desenho. Movimento que, em uma cidade do interior, se não fosse organizado com perfeição, causaria falatório. Júlia detestava fofocas. Se fosse acusada de relapsa, de mãe desnaturada, egoísta, morreria. Ela não era. Não se achava. Nena era a prova viva de que ela era generosa e zelosa com os filhos; logo, Nena, também, em nome das crianças que cuidava, deveria fazer algo. Por que não o sacrifício de abandonar a escola?

14

Nena, não posso te abandonar, penso. Détinha, você tem todo o direito de me ligar pedindo socorro às onze horas da noite, a hora que quiser do dia e da madrugada, de segunda-feira a segunda-feira em qualquer mês e ano, escrevo em um pedacinho de papel. Meus pais, os gêmeos e eu abusamos. Com xícaras de leite morno, gemadas clarinhas, escovações nos cabelos, isso e aquilo, encerramos os estudos de Nena. Paralisamos Nena. Meus pais na verdade, Júlia agindo perfeitamente em desacordo com a consciência que buscava. A minha, precária, imatura, infantil, estava ainda em formação, apenas imitando e repetindo padrões. De certa forma, em transe.

Não é fácil escapar do transe da infância e do que ela consolida em nós. Détinha deve ter pensado ligo, não ligo, mesmo sabendo que minha criação não me fez a pior das Marianas. Não sou uma campeã de abusos e de mesquinharias. Não fui quando criança, o que não me exime de tirar uma nota baixa como cidadã. Eu fui uma minipatroa. Explorei o colo de Nena mais que o de Júlia. Não sei se por egoísmo. Talvez desamparo. Tento acreditar que por amor. Amo Nena. De quem ela foi, de quem ela é e do que sinto por ela depende parte da minha integridade e da do mundo.

E falo do mundo porque não está certo adultos e crianças estarem no mesmo ano escolar aprendendo as mesmas coisas. Está errado um metro e vinte, um metro e trinta, um metro e quarenta de gente possuir mais conhecimento que alguém com mais de um metro e meio e ainda por ele ser servido. Ser servido é diferente de ser cuidado. Ser servido é legitimar o sistema de subordinação, potencializar o complexo de superioridade de gente que não se enxerga. Eu não tinha a intenção de ser superior à Nena e não posso dizer que me sentia feliz me comportando como se fosse.

Não era a minha vontade. Era a vontade dos meus pais, do meu pai e do entorno social. Júlia perdia para ele. Nena nem lutava contra. De um jeito ou de outro, nenhuma de nós escapava de sua sombra e o obedecia com o mesmo imediatismo com que nossos antepassados, todos eles, o obedeceram.

15

Irritada com o silêncio de Pedro e comigo mesma por não conseguir, nem dele, saber mais sobre o que fazer com Nena, e ancorando-me nos resíduos do complexo de superioridade de que eu há pouco falava, prepotente e grosseira dentro do meu figurino burguês, desligo, então, o telefone sem me despedir. Quem manda Pedro não estar no topo da cadeia financeira e bem-posicionado! Se estivesse, provavelmente, eu não o deixaria falando sozinho, no caso, em silêncio sozinho. Não é decente e bacana agir assim. Posso deixar minha soberba de lado e ligar outra vez, tentar recomeçar o diálogo. Pedro é o marido de Nena. Mas deixo para depois. Tenho mais em que pensar, os sentimentos dele que esperem pela acomodação dos meus. Primeiro eu, segundo eu, terceiro eu. Depois eles todos. Nena não. Nem Détinha. Se já não disse, digo agora: por identificação feminina e porque Détinha é minha amiga de infância, a ela me esforço para não magoar.

Na verdade, não tenho certeza se somos amigas de infância. Eu não me saio bem como amiga íntima de ninguém. E se houver algum tipo de pressão, aí que me atrapalho. Com os colegas de trabalho, não erro. Sou uma pessoa de erros emocionais. Em parte, por defeito de fábrica e, em parte, por defeito próprio, é neles que escorrego para cima de quem estiver perto. Se Nena visse o que acabo de fazer com Pedro, ela me perdoaria, ela sabe perdoar, mas ficaria triste. Invalido o respeito que ela se empenhou para que eu tivesse com qualquer pessoa, justo com o homem a quem ela ama. Não o maltratei de propósito. Ou sim. Segui a dinâmica da minha urgência. Diante do nada em que me encontro, o negócio é não perder tempo. Preciso de um médico que vá até a casa dela a essa altura da noite. Se o pai estivesse vivo, ele já estaria de maletinha na mão. Nena nem estaria tão doente se ele não tivesse morrido. Os tempos e os médicos são outros.

Talvez eu também seja. Sou outra mais calma e humilde. Ligo para o hospital de V. Respiro fundo, conto até três e penso no que Júlia diria em uma situação como essa. À Júlia, nunca faltava traquejo social. O meu não tem rosa dos ventos ou bússola. Se tem, quebraram-se ou foram sendo guardados dentro de uma Mariana engolida por outra Mariana e outra Mariana e mais outra, em constante desacordo com as demais para existir e não colapsar pela boca. Peixe morre pela boca. Boa noite, senhorita, desculpe lhe importunar a essa hora, me chamo fulana de tal, por gentileza, me coloque em contato com um plantonista. Não funciona a minha ótima educação. O nome de Nena não consta no sistema, ela não está baixada, não há o que fazer. Há, claro que há, você sabe com quem está falando, de quem sou filha? Eu responderia com um grande de um lixo qualquer, mas ela não altera a voz e diz: um minuto, o Dr. Marco, médico- chefe da UTI, ainda está no hospital, vou localizá-lo para a senhora, colocando por ego abaixo a minha noção do que é ser elegante.

16

Marco estala os dedos em frente ao meu rosto. Sabe que o seguro pelo braço e reclamo porque sofro. Nena está correndo risco de vida. Reconhece o meu modo automático de agir sob medo com a mesma rapidez de quando éramos namorados. Nena, a empregada, a babá, a serva, a jovenzinha deixada na casa de meus pais fez parte também de sua história. Ele sabe até melhor que eu o quanto eu sou louca por ela. Mas por cima dos óculos, depois de tantos anos sem me ver, não consegue mais disfarçar a curiosidade ou o espanto. Parece em dúvida se eu sou eu ou se sou uma miragem, um clone, um buraco no tempo em que ele acaba de cair. Com exceção dos meus cabelos, agora, curtos, e uma linha que outra de expressão, como um fantasma, em nada mudei. Até mesmo a Mari, criatura agitada e viciada em comprimidos para dor de antes, permanece. Não vamos falar sobre o antes. Não é hora. É pelo pulsar das de Nena. Seus rins murcharam e pararam de funcionar. Pela frente, vêm a hemodiálise e a espera por um transplante. E essa realidade é mais do que suficiente para que eu comece a chorar mesmo sem saber exatamente como, na prática, tudo vai ser.

Júlia morreu de câncer de pâncreas. Dessa doença, entendo. Morreram os pais dela, os tios, vários primos, todos da mesma forma e todos na curva perigosa dos cinquenta anos. O epitáfio: aqui jaz mais uma vítima de um pâncreas foi feito para nossa família. Na de Nena, eles morrem sem causa mortis e antecedentes derradeiros. Não há memórias e palavras fatais no entorno. Nascem, desaparecem e nascem e desaparecem e ponto final. Seu Miguel foi o primeiro a ter registro de nascimento, título de eleitor e certidão de óbito. Antes dele, houve registros de compra e venda, como se eles fossem apenas variáveis uns dos outros com direito, quando muito, a usar o sobrenome de um patrão.

Eu tentei, tento compreender, dentro da lógica da época, o porquê. Mas não há argumento; logo, não há desculpas. Os meus antepassados aniquilaram os nomes originais dos de Nena mesmo depois da Abolição da Escravatura. Eu, Mariana, sequer aceito que traduzam o meu nome para outra língua. Os gêmeos me chamavam de Mériene para me chatear, e chateavam. Sabiam que a transformação agredia minha identidade porque um nome é uma promessa; uma benção, em geral, materna, e também um lugar. Um nome e um sobrenome são. O sobrenome de Nena foi forjado para se parecer com o meu. Ela assina um dos tempos do meu bisavô. Mas o território que nos une, que nos ata, de verdade, passa longe dessa formalidade. V também. Essa cidade é um corpo estranho. Não me sinto sua filha. Se não fosse por Nena, não estaria aqui. Mesmo com o apoio de Marco, não encontro encanto.

17

No colégio, as filas para entrar em sala de aula se organizam por altura e sexo. Cada macaco e macaca com o seu galho e tamanho. Quando não sou a última, sou a penúltima. Cresço devagar. Os gêmeos, além de esguios e de machos, estão a três anos de vantagem sobre a minha versão de preciosa pessoa, versão relativa, porque, mesmo me saindo melhor que eles em provas, sou uma fêmea, e fêmeas, não entendo a razão, recebem menos aplausos. Na minha classe, somos em maior número, sem contar as professoras em quase todos os lugares. Minhas colegas e eu poderíamos, feito os soldados que perambulam pelas esquinas da cidade, formar também um batalhão de estudo e de simpatia. No de soldados que há aqui na cidade, em nome de nosso bem-estar e de nossa suposta fragilidade, cada vez mais vemos gente de cara fechada. Me refiro aos homens de farda e coturnos. Outro dia Júlia e Nena cochichavam sobre eles. A mãe dizia à Nena que ela precisava ter cuidado com eles e que deveria proteger a sua pureza dos falos cortejadores a qualquer custo. Não entendi direito essa parte. Então, abri meu dicionário e fui atrás do significado:

"Falo: substantivo masculino. Forma de representação do órgão reprodutor masculino como símbolo de fertilidade. [Anatomia] Órgão embrionário que dá origem ao pênis e ao clitóris, ainda não diferenciado sexualmente. ... Do grego phallós.oû, pelo latim phallus.i."

Ou seja, falo é o pinto dos meus irmãos, os dois galinhos idênticos, e é, também, parte do meu corpo, ainda que em fase inicial. A palavra clitóris também tive de pesquisar. Sem ele, a vida amorosa da mulher é um desastre do ponto de vista físico. O nome que dão ao desastre é frigidez. Frigidez, idem, eu não sabia o que era. E me assustei. Eu não quero ser frígida e frustrada. A diretora do meu colégio, imagino que seja. Talvez, nem tenha mais clitóris ou, então, ele esteja fora de uso, porque ela faz coisas amargas e horríveis conosco, principalmente, com os estudantes pobres.

O meu colega mais pobre se chama Ben Hur, como no filme. Meus pais adoram a história de vingança do príncipe judeu injustiçado pelos romanos. Eu adoro a cena de corrida de bigas. Mas isso não vem ao caso. Vem ao caso o que a diretora sem clitóris ou de clitóris triste e amargo fez com o Ben Hur, dez anos de idade, de carne e osso e de inteligência da minha turma.

Veja! É uma manhã de inverno e chove. Está terminando o horário do recreio e nós estamos nos perfilando para voltar às salas de aula. Não vejo Ben Hur na fila dos meninos. Ele é baixinho tal qual a minha pessoinha. Em geral, nos emparelham lado a lado. Fico, então, na ponta dos pés e espio a porta dos banheiros. De vez em quando, ele se esconde por lá feito um bicho e se atrasa. Diz que gostaria de ser um tatu. Eu acho tatu um animal tri feio.

Por que um tatu, Ben Hur?

Porque tatu tem casca grossa.

Tartaruga também!

É, mas tartaruga gosta de água, e eu não.

Não tem como ele gostar. Seu pai morreu afogado em um rio. A diretora sem clitóris e coração finge que não sabe. Ben Hur está lá no centro do pátio ao lado dela. Ela de guarda-chuva; ele, ao relento, em posição de sentido, servindo de modelo a toda ordem de violência. É ele a nossa lição do dia. Temos de aprender o que acontece com os que se rebelam, ainda que sejam crianças de chinelos de dedo e casacos fininhos. Encharcado, Ben Hur parece pelado e menor, tão pelado que o meu corpo, embora seco e agasalhado, também começa a tremer.

Olho para uma professora. Olho para outra. Olho para todas. Professoras, chamo. O gato comeu suas línguas e os seus ouvidos. Professoras, chamo outra vez e, como nada respondem, saio, da fila, decidida a tirar Ben Hur da chuva. A de Educação Física então se move, me segura pelo braço com força. Eu não sou uma menina que chora, mas sinto raiva, tanta, que, em segundos, estou às lágrimas gritando sai daí, sai do lado dessa bruxa, Ben Hur.

E ele corre. Corre para fora da escola. Eu não sou posta em seu lugar, não receberei um castigo público. Sou levada para a sala da direção. Ligam para os meus pais. Júlia já está vindo. Júlia me faz a cara feia esperada, me chama de mal-educada, atrevida, diz que ficarei sem mesada, sem ver televisão, sem isso e aquilo. Diz tudo o que a diretora sem clitóris e sem coração quer ouvir, mas, assim que chegamos em casa, me abraça, pede que eu conte, do meu jeito, a verdade, e diz que que teria feito exatamente o que fiz.

18

No dia em que faço seis anos, sentada em uma poltrona do gabinete do meu pai, santuário máximo da família, olhando para minha boneca nova com seus cabelos loiros e cacheados e seus olhos de vidro azul, decido que crescer é o que melhor posso fazer. Pego então o meu caderno de desenhos e o meu estojo de canetinhas e, com letras maiúsculas, as únicas que domino, escrevo: meu nome é Mariana e eu tomo banho e escovo os dentes sozinha todos os dias. Vou e volto da escola quase sempre sozinha. Abotoo meus casacos e dou nó nas minhas botinas sozinha. Corto carne sozinha. Dobro minhas roupas sozinha. Detesto os meus irmãos sozinha. Acho Júlia linda e feia. Acho Nena linda e linda. Quase não vejo o meu pai. E eu escrevi tudo isso sozinha.

19

Tudo resolvido. Dr. Marco, vulgo meu ex, localizado pela recepcionista calma e prestativa, entrou em ação; logo, eu, nem tão calma embora prestativa, posso ligar, conforme o combinado, para Détinha. Nena já está no hospital recebendo os atendimentos de urgência e será trazida, de ambulância, para a Santa Casa o mais breve possível. Marco falou com o médico do centro de transplantes daqui que falou com o diretor do hospital de lá, que falou com um político também de lá, que falou com um político daqui e todos, separados e juntos, garantiram os leitos para Nena nas duas cidades. Uma superquadrilha! De certa forma, organizei e dirigi, sem o charme da Penélope, uma corrida maluca.

Eu gosto de dirigir. Dirigir me coloca no controle. Quando tenho a chance de estar no comando, não desperdiço tempo. Desperdícios de todo gênero me incomodam. Falta de pontualidade e de iniciativa me enlouquecem e pessoas desatentas e mal-informadas me desconectam. Como aconteceu com Pedro, perco o interesse pela conversa de Détinha assim que percebo que ela não está acompanhando direito o relatório sobre Nena. Perco por soberba, essa herança de família inclinada para julgar os outros, tipo Deus com o seu rebanho, dizendo pecadores para o lado de cá, não pecadores para o lado de lá. Minha analista gosta quando faço essa analogia. Pano para tratar a culpa e limpar o leite coalhado de violência da minha família sobre Nena e a dela. Quando penso em Nena, me altero. Nena faz parte da maternidade de Júlia, me colocou em igual situação de filha.

20

Odeio quando as pessoas dizem do chão não passa como se ele fosse inofensivo. Outra vez, dou de cara, corpo e talvez alma com ele. E dessa vez a culpa não é só minha. O pai falou que era contra termos patins. Júlia se parou de doida e comprou, escondida, os pares para nós. Presentes por nada ou de adiantamento pelo dia de alguma coisa. Tanto faz. Júlia sempre encontra uma justificativa para nos dar o que ela quer. Os meus são brancos, de botinhas e iguais aos dos patinadores profissionais. Quase iguais: são de rodinhas. Não há gelo por aqui, só frio. Os dos gêmeos são pretos e com canos mais curtos, afinal, eles são meninos. E menino tem de parecer menino e menina, menina. Ser masculino e ser feminino está entre os objetivos de nossa educação. Eu não choro, mas poderia, sou a queridinha do papai. Júlia pode também. Às mães, lágrimas de emoção pelos feitos dos filhos são permitidas. Júlia acha cafona. Nena acha a coisa mais linda, enxuga o rosto o tempo inteiro. Tudo que faço a emociona. E, mesmo assim, ela é sempre mais firme que Júlia. Com Júlia, basta a gente dizer ah, mãe, mãe, deixa a gente abrir as caixas e patinar um pouco que ela, pronto, concorda.

Eu calço as minhas botinhas brancas me sentindo a estrela das estrelas. Fico alta como se estivesse de sapato de salto. Deve ser complicado andar de salto. Júlia quase não usa. Diz que se eu ficar do tamanho dela, também serei poupada de tal sacrifício. Dizem suas amigas que os pés e as pernas doem depois de umas horas. A maior parte tem dificuldade para caminhar sem dobrar os joelhos e se desequilibrar.

Mas patinar não. Patinar não tem nada disso. Eu me movo como se tivesse nascido sabendo. Um pé para um lado, um pé para outro. Os gêmeos me seguem. Fomos feitos para andar sobre rodinhas. Júlia bate palmas e sorri. Não existe lobo mau capaz de soprar e derrubar seus três porquinhos. Exceto o pai. O lobo mau do pai, se der uma bufada, não sei. Ele disse não para os patins. E ele vai bufar. Júlia, ele chama da escada. E aí é um corre-corre. Os gêmeos se atrapalham com os cadarços. Júlia treme. Eu tiro os meus patins sem esforço, mas, com a mesma velocidade com que me livro da prova do crime, tropeço, batendo o braço direito na parede antes de me estatelar de costas. É uma queda pequena. Júlia me olha já com o dedo em frente ao nariz: Mariana, nem um pio sobre esses patins!

21

Seu Miguel, sorrindo, me ensina o nome do prato: cuscuz no pano. Foi Nena quem preparou, a única filha que ele considera prendada. Como sua falecida mãe, Nena tem boa mão para cozinha. Por causa dela, ele se diz gordo como um porco. Eu gosto de porcos. Matei um porquinho da índia afogado enquanto o banhava. Sem querer, é óbvio. Seu Miguel prefere cavalos. Foi ele quem ensinou Júlia a cavalgar. Não acho que Júlia monte bem. Em pelo feito um selvagem, ela não anda. Diz que é porque o suor dos animais deixa um cheiro ruim em suas calças. Eu adoro cheiro de cavalo. Gosto mais até do que do cuscuz.

Seu Miguel não sabe que esse é um prato que conheço. Pensa que me apresenta uma novidade dos deuses. Esquece que Nena trabalha para os meus pais e que é ela quem me alimenta. Eu como cuscuz desde os primeiros dentes. Os gêmeos adoram. O pai e a mãe adoram. Impossível não ser doidos por cuscuz. Nos sábados em que passamos o dia no campo, quem o prepara é a dona Dalva, a mulher do capataz. Rodadas de cuscuz fazem parte da minha rotina. Mas não conto porque a tristeza de seu Miguel é de cortar o coração de qualquer tristeza. Cheia de ternura e lealdade, ela faz a gente se sentir a melhor e pior pessoa do planeta.

Então, me faço de boba, os gêmeos me chamam tanto de boba, e pergunto onde e como devo colocar o leite. Quero que seu Miguel se sinta útil e importante. Um pouquinho que seja. Nena diz que ele não é ninguém. Não diz por mal. Diz baixinho, acanhada por ele não ter uma profissão e dinheiro. Nem ele sabe explicar o que ele fazia antes de ficar velho. Fazia o que mandavam. Fora isso, o pobrezinho não sabe ler e escrever. Eu disse a ele para escrever uma cartinha para o Papai Noel, garantindo a entrega. Ele sacudiu a cabeça, coçou o queixo. Você escreve, e eu assino, que eu assinar, sei. Justo, mas franzi a testa, irritadíssima, quando vi a letra torta e feia.

O meu pai tem, também, uma letra torta e feita, e ninguém reclama. Letra de médico as pessoas respeitam. Pouco importa se entendem. Em uma farmácia alguém vai ler. A de Júlia é o oposto das deles, elegante e suave como ela. E ela escreve com qualquer uma das mãos sem fazer esforço. Se com a canhota, inclina as palavras para a direita. Se com a direita, para a esquerda.

Eu sou destra. Ou falsa destra. Tenho mãos ainda indecisas. Com a esquerda, escovo os cabelos, os dentes, puxo as cortinas, fecho portas e gavetas, seguro o garfo e, ah, misturo o meu cuscuz no leite.

Misturar é uma da grandes diversões da minha imaginação. O pai acha que a tenho em excesso, que sonho e devaneio demais, como Júlia. Júlia gosta. Júlia é criativa e encanta a rotina.

A rotina tem seu encanto graças a ela e a Nena. Um prato de cuscuz é um mundo. Em um prato de cuscuz, raso ou fundo, crio, por exemplo, uma ilha e dou o nome de sol. Ou um monte com uma cratera portal do inferno e da chuva de leite transformadora de tudo em um paraíso comestível. Júlia me incentiva. Ergue as sobrancelhas, pede que eu narre o que meus dedos executam. Alegra-se por me ver envolvida com tantos tipos de apetite. Mas, de vez em quando, coloca as mãos na cabeça. Não são poucos os meus vazamentos além- prato. Vocação para bagunça não me falta

22

Marco me abraça, me chama de minha querida e pede para que eu pare de chorar. Vai me ajudar com Nena, colocar tudo por escrito, me explicar, passo a passo, como ajudá-la a ter o melhor tratamento. E eu me deixo então acolher. Se não tivesse de assoar o nariz e de enxugar o rosto, poderia passar o resto da vida assim. Na verdade, parte da vida, porque eu adoro e preciso estar em movimento, trabalhando em novos projetos que não me prendam a ninguém. Nena, neste momento, me prende a ele. Agora preciso de Marco de um modo diferente do dos tempos de garotos. E isso me irrita. Sinto a onda de pensamentos hostis chegando ao meu cérebro. Sintomas, talvez, como diz minha analista. A única coisa justa e saudável que eu devo fazer é pedir desculpas e reconhecer que não posso viver usando o meu cansaço e preocupações para justificar o meu mau temperamento.

Ele sabe, não preciso lembrá-lo qual é a minha natureza ou a natureza da minha criação. O meu histórico de prepotência e de egocentrismo vem de berço. Marco é a pessoa mais sábia e confiável que conheço. Os pais dele, principalmente a mãe, não foram muito diferentes dos meus. Ele, no entanto, difere de todos nós. É um homem cachorro no bom sentido. De cachorrão, eu o chamava. É de uma lealdade inegociável, e não há nada que atingia o seu espírito de matilha. Seu coração de cão se apega às pessoas desde criança. Marco gosta, genuinamente, de gente. Sacode a cauda de seu afeto, os sentidos, os instintos e a empatia para todos.

Já eu sacudo as palavras. Nas horas certas e nas erradas e nem sempre com delicadeza. Machuco-as com meu egoísmo. Minha língua é um látego de coronel. Cruel e por vezes covarde. Não ter escolhido as palavras e dito algumas mentiras a ele quando terminamos é o grande remorso que carrego. Quiçá o único. Marco não teria me maltratado se eu tivesse falado a verdade. Não havia ofensa nela, um fato detonador, apenas a minha absoluta falta de vontade de voltar a viver em V. depois de formada. O estilo pacato do interior não combinava mais comigo. À medida que me adaptei à cidade grande, o controle e a bisbilhotice de uma cidade menor passaram a me sufocar.

Eu não reajo bem a imposições e fofocas de comadres. Cercadinhos e limites me desacomodam. Voltar a acordar com o cantar dos galos e a dormir cedo porque os geradores de luz das fazendas têm de ser desligados cedo, não poder passar a noite vendo filmes ou lendo e ainda ter de justificar os meus gostos é como cair na caverna de Platão. Se bem que, em uma determinada fase, era isso que eu queria com Marco, só nós dois em um lugar só nosso.

Os pais de Marco não nos deixavam dormir juntos. A liberdade de nossa rotina de estudantes vivendo longe dos pais sofria combativa resistência quando perto deles. Um final de semana com eles, além de entediante, era frustrante. Se dependesse do casal conservado e conservador, obsessivo com o filho, Marco e eu teríamos de reprimir nossos corpos até o casamento, principalmente, eu, moça de boa família. Portanto, não nos deixavam sozinhos nem para dar uma volta a cavalo. Minha sogra se esmerava pela minha castidade como se fosse ela a suposta virgem. Zero beijos, zero carícias e zero cama pregava. E não apenas porque seria vergonhoso uma gravidez indesejada entre criaturas de boa família. Ela não gostava mesmo de sexo, sentia repulsa, e não escondia. Sendo o sexo uma das mais pesadas obrigações de uma esposa, ela tinha certeza de que eu não iria gostar.

Júlia, por outro lado, fingia-se de cega. Além de ocupada consigo mesma, queria evitar atritos comigo e com o meu pai. Posicionar-se sobre a vida sexual da filha, reconhecer que havia uma, seria inútil e improdutivo. O erotismo era meu mesmo, e ela sabia que eu não voltaria atrás e que não me interessava dividir os meus prazeres com ela. Desde que os gêmeos e eu tínhamos entrado na puberdade, boa parte de nosso interesse por sua saia desaparecera. Ela não fazia mais parte do jogo; portanto, tinha mais é de focar-se em si. Nena não. Nena a tudo via e, mesmo assim, continuava imóvel, perdendo, um a um, os seus sonhos, misturando os seus aos meus e sublimando os seus impulsos nos meus, porque não conseguia dar vazão aos próprios. Não dedurava minhas fugas na madrugada e guardava minhas cartelas de anticoncepcionais. Queria, para mim, um futuro sem a existência frígida que havia sido destinada a ela e a quase todas as mulheres que ela e eu, até então, conhecíamos.

23

Caminho pelos corredores largos e azulejados, de bloco em bloco, de pavimento em pavimento, lendo placas, tentando chegar no setor em que Nena vai baixar. Vem vindo de ambulância. A luz branca incomoda os meus olhos fragilizados pela noite em claro e faz as lajotas frias sob os meus pés encharcados parecerem campos geados. Dos meus óculos, sinto nojo. A gordura dos cremes e óleos que uso para as mãos e unhas passou para eles. O tira e põe desde o telefonema de Détinha até eu chegar nesse universo de vírus, bactérias, tumores, coágulos e infelicidades nublou as lentes.

Estou no complexo hospitalar conforme Marco me orientou há menos de uma hora e já sinto fadiga. Em todos os lugares, o cenário e a cena se repetem: é gente em cadeira de rodas, em macas, sentadas, em pé, amontoadas. Todas dentro de uma espécie de ponto cego da existência e à espera de um bônus de vida. São tantas que me pergunto se haverá mesmo um leito para Nena.

Conseguir a ambulância em V., com o apoio de Marco, não foi difícil. Um pouco complicado foi garantir o leito aqui. Se não fosse pela minha rede de contatos sociais, talvez, não houvesse um. Quem o garantiu foi um político indicado por uma amiga. Jovem e de esquerda, sem me fazer perguntas, ele pediu apenas umas horas para dar ao SUS a agilidade que um sistema de saúde decente deve ter, oposta à lerdeza dos funcionários com quem venho falando.

Com o primeiro, o segundo e o terceiro, não tive sucesso apesar de ter mantido o tom suave em minhas perguntas e nos agradecimentos pelas informações não dadas sobre a ambulância que traz Nena. A partir do quarto, a quarta na verdade, frustrada com a falta de respostas, com o celular na mão, coloquei o botão do *modus vivendi* de meus antepassados para funcionar e agi da mesma forma que lá em V. quando Nena adoeceu. Você explica, então, para o chefe de gabinete do fulano de tal que você não encontrou a vaga da Marilena de Souza em seu sistema e depois, a gente vê se é o sistema que não funciona ou é você, minha cara, eu disse.

A minha cara é infalível. Coroa a arrogância de classes com estrelinhas. E do jeito que falei, com o brilho de estrela uma cadente na língua, em minutos, um funcionário do setor administrativo foi colocado à minha disposição. Uma pessoa decente se sentiria constrangida. Se eu pudesse me ver de longe, imagino que eu me detestaria. Poderia me chamar de desonesta, quem sabe até de fascista? Não é um exagero me comparar à tamanha porcaria, não. Faz anos que oportunidades de ser uma pessoa mais amigável e solidária batem à minha porta. Faz anos que a menina Mariana diz a essa mulher Mariana para ser mais compreensiva e grata. Quero ser. Posso pedir desculpas à recepcionista. Mas o fato é que, assim que o rapaz, com seu crachá de setor administrativo gritando no peito, diz que a paciente Marilena de Souza, minha Nena, está dentro do sistema e me informa por qual emergência ela entrará, eu não quero saber de mais nada a não ser qual caminho percorrer para chegar nela o mais rápido possível.

24

Nove horas, me deito com a mão enrolada em uma manta. Onze horas. Meia-noite, uma, duas, cinco, cinco e meia. A dor está insuportável. O meu pulso e dedos estão inchando na mesma proporção que o meu desespero. Mariana, não quero nem um pio sobre esses patins, Júlia disse. O pai não viu os patins. Os gêmeos e ela conseguiram guardá-los. Ele viu as caixas, mas não perguntou o que eram, de que eram. Portanto, eu que não tenha o atrevimento de revelar a desobediência de Júlia. No ano retrasado, quando despenquei de uma árvore e entortei a perna para trás e me cortei, ele deu uma bofetada em seu rosto, exigindo que ela falasse rápido o que tinha acontecido. Ela não disse uma palavra. Nem chorou. Pareceu tão surpresa quanto eu. Nós não somos de chorar. Mas o pai, que também faz parte do nosso time de nervos de aço, caiu no choro. Não suportou ver o meu corpo pequenino e resistente sangrando e tremendo. E eu senti dó por ele estar sofrendo. Mais do que senti pelo sofrimento dela. Na verdade, senti um pouco de raiva por Júlia não agir e reagir, em dúvida se ela não estava sendo desnaturada e covarde. Eu detesto gente covarde. Mãe covarde, então... Não aceito que Júlia o tema. Nena não se apavora por nada. Nunca. Nena acata ordens, mas se tem de agir, age. Não existe problema que ela não encare. Ela me carregou para dentro de casa e telefonou para o pai vir me socorrer. Júlia ficou parada, fumando, soltando fumacinha pelo nariz, olhando o céu que nem nuvens tinha.

O pai não bate na gente. Os gêmeos bem que merecem uns cascudos, mas ele não bate. Preciso deixar isso claro. O tapa dado em Júlia não é a regra. De uns tempos para cá, ele anda agitado, à beira de um ataque de tapas. Talvez porque Júlia também esteja. Ela não fala mais com ele do jeito que costumava. Prefere os primos que passam temporadas conosco. Ele se irrita. De vez em quando, a segura pelo pulso e faz uma cara que o deixa horrível. O pai é bonito e bem-humorado e gentil. Ou era. Está ficando seco e duro como um soldado. Ele e Júlia falam demais sobre soldados e prisões. Os não sei quantos primos que já passaram por aqui falam mais ainda. Odeiam fardas. O pai e Júlia odeiam tudo isso. Um deles está muito contrariado. O pai, ora bolas, não aguenta mais a parentada em nossa casa. Júlia diz que eles não têm escolha. Eles quem? Ela e o pai ou os primos? Júlia deveria ouvi-lo. A impaciência do pai está crescendo como nossos corpos de crianças. Quando um camburão apareceu lá no sítio, em um sábado de sol, e um dos gêmeos caiu de cima da roda do trator, ele, se babando, a chamou de louca, relapsa, burra, vaca, mãe horrorosa.

Nem o capataz, dona Dalva, os filhos deles, Nena, os primos, o outro gêmeo, Júlia, os soldados, eu, nem mesmo a vaquinha Mimosa, abriram a boca diante de seu acesso. Eu fiquei para lá de zangada com ele. O pai se portou como se fosse culpa de Júlia termos um trator e como se fosse dela e não dele a mania de nos colocar em situação de perigo. Se andamos de trator é porque ele gosta. Ela sempre diz que é uma imprudência. Não é ela a imprudente irresponsável. Ele fez parecer que é e fez parecer que os gêmeos e eu não somos os filhos adorados de um casal adorável. O pai se cuspiu, nos cuspiu, mandou todo mundo para o inferno. Pareceu um bebê monstro e gigante e birrento. Júlia, desde essa data não pode ouvir falar em esfolados, cortes, fraturas. Quando um de nós se machuca, ela bufa. Nenhum de nós pode mais dar um pio. Mas eu não tenho escolha. O pai vai ter de me levar para o hospital porque eu, de novo, estou quebrada.

25

Estamos calados em casa. Conversamos, mas estamos sem nos ouvir. Frases demais debatem-se na saliva da família. Uma quantidade imensa de palavras e acusações nos ensurdecem e dividem em frações, times, partidos. Partidos, aparentemente, damos mais certo e agimos de modo mais polido. Um terapeuta diria neurótico. Uma terapia de família, não, uma terapia individual nos faria bem. Cada um de nós com seu Freud seria produtivo. Mas não faremos. Mesmo vivendo com os narizes metidos em livros, somos ainda regidos por tabus. Quem se trata é maluco, a gente pensa sem se dar conta de que preconceitos fazem mal à saúde e desperdiçam a potência de nossos neurônios. O pai vive repetindo que neurônios são o maior patrimônio de um ser humano. Para ele, não há perda comparável. Eu não tenho tanta certeza. Entre nós todos algo se perde. Os gêmeos não parecem preocupados. São uma família à parte. Eles são um caso, um parto à parte e se bastam. Em seu idioma univitelino à prova de intruso, às vezes, até Júlia sobra.

Júlia é poliglota. Dizem que mães entendem muitas linguagens. Júlia fala a linguagem do ventre além de correto e claro português. E fala com a carga dramática necessária para nos aprisionar. Dramas maternos são, também, um caso à parte. Júlia faz de nossos cordões umbilicais o rio semântico de seu sangue e narcisismo. O pai tomou outro rumo, prefere o caminho de chão batido, seco e preparado para as hostilidades da terra. Ele é mais adaptável. O pai e eu somos. De acordo com Júlia, somos, também, diretos. Duas flechas velozes e certeiras. Não mandamos sinais de fumaça antes do ataque. Se fôssemos índios como os que aparecem nos filmes de Hollywood, o pai seria o cacique Navalha, Júlia ironiza, e eu a sua mimosa Navalhinha.

26

Na cantina do hospital, peço a Marco uma xícara de chá. Ele vai até o balcão e pede a moça sorridente que coloque uma chaleira para ferver. Ela dá uma piscadinha e mexe nos cabelos. No cardápio, há café com leite, uns caldos, sucos, chás, biscoitos e água quente. Água quente, suponho, por causa dos viciados em mate. Mas não comento. Sinto-me melhor, estou calma e não quero ser antipática. Poderia. O pé-direito mais baixo que o dos corredores e uma prateleira cheia de cuias com gauchismos, flores, peles de oncinha, de zebrinha, de dálmatas e outras bizarrices são de péssimo gosto. O resultado estético é de péssima qualidade como foi o péssimo desempenho de alguns médicos que conviveram com o meu pai. Entre os memoráveis, um plantonista. De acordo com o pai, um doido de carteirinha que esfregava as mãos e ria alto quando chegava, na UTI, alguém se despedindo da vida.

O hospital continua agônico, mas essa lembrança junto com o efeito almodovarizado do ambiente me faz rir. Não é a hora nem o lugar para risadas. E por isso mesmo desato em um riso de doer a barriga. Quanto mais rio, mais ela dói.

A garçonete me olha, encara. Talvez, enciumada, se perguntando quem é essa desparafusada com o doutor Marco. Talvez tenha alguma queda por ele. Eu a olho um pouco espantada também. Ela é uma mulher-cuia. Se fosse uma das que estão nas prateleiras qual seria? A tiara é de oncinha; a gola e os punhos da blusa são prateados; seu esmalte multicolor. Eis uma pessoa completamente encaixável na teoria que Júlia tinha a respeito de gosto.

De acordo com Júlia, podemos dividir as pessoas em três grupos básicos: as com bom gosto, ou seja, que inovam e acertam sempre; as com ausência de gosto, ou seja, que não erram por repetir os acertos dos outros; e as com indiscutível mau gosto. As pessoas de mau gosto, se ainda não dominam o planeta, estão em vias de. Quem decorou a cantina entende de extermínio. Sabe do que estou falando. Nesta cantina, a feiura é onipresente. Marco parece ambientado, neutralizado. Se tivesse ainda vinte e poucos anos, acho que repararia no atentado à estética. Mas o que o tempo e o chimarrão não fazem com nosso discernimento. Não sei se não teria sido melhor se ele tivesse virado maconheiro.

Mas seu vício é o mate. Cresceu tomando sentado no muro de sua casa, nos muros das casas dos amigos, no campos, no clube, dirigindo até na estrada. Um pouco ridículo uma pessoa reduzir a velocidade e viajar mais devagar só para poder levar uma térmica entre as pernas. Marco achava natural e pouco se importava se opinávamos diferente. Queria manter-se atento, acordado e feliz. E nada como uma erva barata e legalizada para isso.

No início, nos primeiros semestres de faculdade, o chimarrão agia como um encurtador de suas saudades. Morar longe dos pais, da gurizada de V. e dos campos era um martírio contabilizado em chaleiras de água e quilos de mate. Do jeito que tomava, quando se formasse, teria tomado um rio amazônico. Sobre a residência que teria de enfrentar, ele não falava. Fingia que não teria de fazer. Enganava-se com a minha presença barulhenta dançando pelo apartamento, querendo ver todos os filmes em cartaz, fazendo mais e mais amigos. Uma nova eu trianimada com a cidade grande, cada vez mais sem paciência para as pizzas de tele-entrega, para as extenuantes horas de estudo a que ele nos submetia e para os planos de uma vida a dois no interior.

27

Seu Miguel, o senhor sabia que se a gente abrir um guarda-chuva dentro de casa, a gente encalha feito uma baleia e não arruma marido e que se a gente deixar alguém passar a vassoura sobre nossos pés, também não?

Seu Miguel gargalha. Suas filhas, sem exceção, não se casaram na época esperada. Mesmo Nena, com menos de trinta anos e a mais bonita e com a cinturinha mais fina, segue, como alardeiam as fofoqueiras: solteirona. Conforme minha avó e Júlia, ser solteirona é um péssimo destino para uma mulher. Nena acredita nessa máxima do mesmo jeito que acredita ser capaz de mudar o seu. Mês a mês, ela monta um enxoval. É uma obrigação de boa moça, mesmo que não tão moça, ter um.

No dela, tem de tudo: toalhas, lençóis, panos de prato, calcinhas, sutiãs e uma camisola para a noite de núpcias. Falta o mais importante, o candidato. Júlia chama namorado de candidato. É preciso selecionar o ideal. Só o ideal saberá conduzir a noite de núpcias. Júlia adora falar sobre ela, a noite do sangue derramado. Deve saber o que fala. Fala ora baixinho, ora aos gemidinhos, além do mais, fora toda a parafernália do dela, fez os gêmeos e eu: amostras vivas de sua experiência.

De suas coisas, as mais incríveis, as únicas incríveis, são as que ela guarda nas gavetas da cômoda. Calcinhas, sutiãs e camisolas combinando explodem em suas gavetas. Elas aguçam a minha curiosidade pelo tal sangue derramado. Para se derramar, ele tem de vazar por algum lugar e por algum motivo. Minha favorita é uma coisa rendada, cheia de buracos em que poderiam entrar botões gigantes em um formato de calcinha. Uma espécie de calcinha furada ou uma touca para dormir com rolos nos cabelos. Pergunto aos gêmeos se é uma touca para dormir com rolos nos cabelos. Eles se olham, comentam entre si como é burra essa Mariana, e me dão as costas. Pergunto então à Nena o que é aquela coisa branca e amarela e furada que Júlia guarda com as calcinhas e blá-blá-blá. Nena faz cara torta de tonta, não sabe do que estou falando. Vou então à Júlia. Nada melhor que a dona para dizer o que é. Júlia me dá um beliscão no braço, me chama de abelhuda e diz que está farta dessa minha vida curiosa de má menina.

28

Então, até foi fácil chegar na emergência. Difícil é ver Nena com um olhar anestesiado e acompanhar o primeiro exame em seu corpo desnudo e indefeso. De fralda geriátrica, sua fragilidade é a de um bebê no berço ou sem um berço. De adulta e de minha babá, ela passa a ser uma espécie de menina e outra vez uma filha de alguém. Minha. A mãe sou eu. Desde a perda de seus rins, compulsoriamente, coube a mim, com a minha mão que deixa plantas e peixes morrerem, segurar a dela.

A médica não gosta do que vê. Muda o tom da voz quando fala sobre a extrema importância de um transplantado procurar socorro na presença de um mínimo sintoma. Reclama dessa gente que coloca o trabalho dela e da medicina em risco, olhando para Pedro. Ele está de cabeça baixa, triste e envergonhado. Não é um homem competente para esse tipo de situação. Uma vida de impotência o embotou. A médica não percebe o quanto ele está constrangido. Segue examinando e apalpando Nena, falando sobre febres, tosses, inchaços, uma infinidade de sintomas. As manchas, as cicatrizes, o cateter e a fístula feita para as sessões de hemodiálise de Nena estão à vista. Nena está até o avesso em exposição. A fístula no braço esquerdo parece um intestino grosso. Encosto-me na parede para suportar a imagem. O braço que me ninava está destruído, se foi. O colo se foi metamorfoseado em um cordão umbilical de Nena para com Nena e com o horror. Eu preferia morrer a passar pelo que ela passa. Mas eu não corro risco de vida. E isso muda tudo.

29

De vestido tomara-que-caia e sandálias amarradas nos tornozelos, Júlia surge na sala. Os gêmeos e eu estamos correndo em volta da mesinha de centro. Eu atrás, cumprindo o ritual de gatos e rato. Ela abre o móvel em que está o toca-discos do pai, coloca *The old fashioned way* cantada pelo Aznavour e começa a dançar. Júlia é muito linda. No início, não damos bola, mas ela vai movendo a cabeça, os ombros, os braços, as mãos. Eu me jogo no sofá para vê-la. Os gêmeos param também. E, de pé, hipnotizados, mal respiram. Mal respiramos. Nem queremos. *Come close where you belong, let's hear our secret song* cantamos todos. Eu adoro ver Júlia dançar. O pai também e ele a incentiva porque, além de toda a magia que nos acalma, é um jeito de aprendermos inglês. O método é infalível, ele garante. Eu não tenho um ouvido apurado. Os gêmeos são afinadíssimos. Nós três fazemos aulas de piano. Os dois avançam. Os meus dedos se prendem ao dó, ré, mi, fá, sol, lá, si. Falta-me dom, talento. Eu queria ter e ser um encanto. Júlia é. O pai está certo quando diz que ela é de cinema. Como se fosse um de nós, ele também a admira. Não tira os olhos dela quando ela dança. Tira de nós. Ele parece cansado de ser nosso pai.

30

Depois do chá quente, em frente ao hospital, aqueço, por instantes, as palmas das mãos no rosto quente e barbudo de Marco. Ele pergunta, outra vez, se estou mesmo bem e se não quero que ele me acompanhe até o hotel para ajudar com a bagagem. Não, não é preciso. E ele não insiste. Deseja-me boa noite e me beija. Quase toca na minha. Sua respiração me arrepia a espinha, como acontece com as personagens banais dos romances banais. E penso em beijá-lo de verdade, mas controlo o impulso. Ele está cuidando de Nena, é melhor eu ter cautela e não estragar tudo com uma noite só de sexo. De tudo o que perdemos, o que mais me faz falta é a cama. A caminha erótica, como ele dizia. E além do quê, quem disse que ele quer dormir comigo? Já não teria já me convidado para ir a casa dele se quisesse? Não conheço a casa de Marco. Sequer tenho o endereço. Acho que a casa da minha infância, também, não conheço mais. Estou a cinco minutos dela. Cinco minutos a pé, e eu poderia estar no meu antigo quarto, brincando de passado, tomando uma sopa quentinha, usando as louças, os talheres e a tolha favorita de Júlia, a toalha demoradamente bordada a quatro mãos por ela e por Nena. Poderia se a mulher com quem o pai vive permitisse. Eu não tenho a chave da casa do meu pai. Eu não tenho mais a chave da casa em que nasci e cresci.

A mulher do pai tem como lema a frase é proibido permitir. Pauta sua existência pela palavra não. Nem os gêmeos, nem Nena, nem os meus tios, nem os velhos amigos da família, nem ninguém é bem-vindo na casa, agora, dela. A mulher do pai está mais para um eletrodoméstico em curto-circuito que para gente ou bicho ou planta. Se fizesse fotossíntese, já seria o máximo. Ela prefere, no entanto, ser o mínimo e eletrocutar as pessoas com seu péssimo gênio. Fora isso, é bagunceira. Os objetos, os retratos, a mobília e as memórias do pai, nada escapa à sua porquice. Eu a chamo de Hidra porque ela é, em versão contemporânea, o monstro que o engole e infantiliza o pai. Desde que Júlia morreu, o pai virou um fantoche. Com um pouco de empenho, poderíamos interditá-lo. Os gêmeos e eu, principalmente, eu, o desdobramento da imagem de Júlia, banidos sem justa causa, temos condições de dar cabo da Hidra multiplicadora de cabeças e todas as outras aberrações que ela é. Mas não damos. Por quê? Ainda não sei.

31

Pneumonia, diabete, trombose, pancreatite. Com esse quadro, depois do sermão, a médica encaminha Nena para a UTI. Por sorte, o rim segue funcionando. Cabe a mim finalizar a entrega da papelada trazida por Pedro e pela enfermeira do hospital de V, assinar a autorização para a cintilografia, explicar a ele o que está acontecendo e aguardar. Os horários de visita já vi. São bastante restritos. Pedro e eu teremos de nos revezar. Ele não faz objeções. Concorda apenas. Eu, Mariana, é que sei. Portanto, ele irá para a casa do mesmo parente que o hospedou na época do transplante e verá Nena no horário do almoço. Não tem erro. Está tudo definido a não ser pelo fato de que ele não deve ter dinheiro. Não quero ser invasiva, mas preciso saber quanto ele tem para as próprias despesas para poder ajudá-lo. Tem umas economias, um terço de seu salário mínimo para uma emergência como essa. A modéstia de sua vidinha o impede de perceber o absurdo de sua resposta. O que ele tem não dá para nada. Um terço de salário mínimo é o preço do par de sapatos que calço, de um par entre os vários que abastecem os meus delírios de centopeia. Nem parece que vivemos no mesmo mundo. Todos os dias literalmente piso sobre pelo menos um terço do salário com que vivem milhões de famílias. Tornei-me um acinte como dizia Júlia. Quando me tornei tão fútil? Nena ama Pedro na saúde e na doença e na riqueza e na pobreza. Que riqueza? A riqueza que não possuo. Eu ando muito pobre de espírito.

32

O que você é da paciente?

Filha.

A recepcionista do agendamento e autorização de exames me olha de cima a baixo, surpresa. Estou no setor do SUS. Os pacientes com planos privados são atendidos em outro prédio, ela diz. Não, estou no lugar certo, não há engano nem dela, nem meu. O que há é o vício dos julgamentos. Somos uma sociedade de aparências. Minha capa de chuva, a pulseira de ouro, o corte dos meus cabelos, os meus dentes alinhados, o modo como me apresento não combinam com a cara da saúde pública. Destoo dela e dos que a usam. Os que a usam, tampouco, combinam. Ninguém combina com o caos e o descaso. Talvez, os políticos cínicos.

Mas deixo isso de lado e explico o meu parentesco por adoção com Nena, a feliz duplicidade materna que recebi desde o meu nascimento enquanto assino os papéis. Faço questão de dizer que minha mãe biológica se chamava Júlia. Gosto de dizer Jú-lia. E gosto de contar o quanto Jú-lia, sem perceber, foi sábia em construir uma parceria com outra mulher, em não se perder nos laços mesquinhos de sangue e de posse. Júlia deu as mãos à Nena, que deu as mãos para mim e minha infância. Cresci a quatro mãos. Os gêmeos e eu crescemos. Júlia não tinha mãos para nós três. E energia e tempo. Nena, se não tinha, produzia. Quando viemos embora para estudar, ela foi a pessoa que mais sofreu. Nossa ausência e o silêncio pendular da casa a abalaram mais que à Júlia. Nossa partida e depois a partida precoce e definitiva de Júlia deste planeta a abalaram. No enterro de Júlia, Nena encolheu, sua inspiração perdeu força. Mas quem jogou a pá de cal sobre o seu vigor foi Hidra. Um mês coabitando com o pai e ela tomou de Nena as chaves e deu por encerrada sua contribuição com nossa família. Hidra chamou o vínculo de Nena com meu pai e conosco de contribuição. Nesse dia, Nena me telefonou. Eu nunca a tinha ouvido chorar. Seu choro foi o som mais triste que já escutei. E o pai não nos ajudou a secar uma única lágrima. Tirou o corpo fora. Atendeu o meu telefonema gaguejando umas bobagens sobre ser um assunto de mulher antes de pôr a mitológica madrasta para falar comigo. Como é que se diz, Mariana, empregada é empregada. Comigo não tem esse negócio de preta fazer parte da família e a casa agora é minha, entendeu?

33

Nena abre a porta do quarto sem bater. Mais primos estão chegando. Segundo ela, preciso ver como esses são esquisitos e como estão mal agasalhados. Largo as bonecas, jogo para o alto as pantufas e saio correndo. Se o pai, Júlia e os gêmeos já estão lá embaixo recebendo a gurizada, nós duas é que não vamos ficar para trás. Eu quero acompanhar tudo de perto. Que tudo nem sei. A família anda elástica, é gente nova a toda hora. Não faço ideia de onde vêm. Para descobrir me finjo de distraída, brincando atrás do sofá ou em um cantinho enquanto eles conversam.

As idades dos novos primos são mais ou menos as mesmas dos que passaram o Natal e as férias de verão conosco. Há, entre eles, uma garota. Ana. Acho estranho ter tantos homens em nossa família. Os rostos dos recém-chegados não lembram os nossos, e suas roupas não são para o frio. Seus corpos também têm outro tipo de molde. Até onde sei, sabia, os parentes do pai e da mãe sempre foram compridos e magricelas. A única nanica sou eu. E Nena. A fita métrica de Nena é de criança.

Júlia não gosta da minha presença observadora e curiosa quando eles conversam sobre notícias e o país. Mas eu sou observadora e curiosa. Ela está irritada porque penso em voz alta. Tem medo dos meus pensamentos. Já me disse mil vezes que pensar em voz alta não é seguro. Mas penso e detesto que tentem me meter medo. Medo me faz sentir raiva e raiva só me faz piorar as coisas. Não acredito que esse povo gordinho seja da família, digo. Ela então se levanta da poltrona e vem em minha direção. Vá para o seu quarto, Mariana. Está ouvindo, Mariana? Como não respondo, ela me belisca. Ai, grito. Todos se calam e aquietam como se um gás paralisante tivesse sido jogado na sala. Só Ana treme. De frio, ora bolas. Eu não sou o pé grande nem um soldado. O pai, com sua habilidade médica, quebra o silêncio, dizendo, às gargalhadas, que não sabe a quem puxei assim tão rebelde, passando do assunto anterior para o riquíssimo universo do DNA e os milhões de não faço ideia de quantos mil possíveis acordos genéticos que acontecem nele. Eu faço cara de espanto. Uma coisa são os números incontáveis de variáveis, outra bem diferente é nos multiplicarmos feito coelhos em casacos de peles tão diferentes.

Estou a um passo de ir de castigo. Ah, não! Tenho ainda perguntas sem respostas, como, por exemplo: em que lugar se fala com sotaques tão feios? E onde estão últimos três grandões que passaram o Natal conosco? Por que eles não me escrevem as cartas que prometeram e, acima de tudo, quero saber onde está Raul, o maior de todos e com o nome igual ao de meu avô? Do parentesco com ele não duvido. Ele é idêntico à Júlia. E eu gosto demais do jeito com que joga capoeira, toca berimbau e canta a música sobre a gente se sentir como quem partiu ou morreu. Ele parece pronto para a morte e pronto para a vida e só com ele Júlia conversava como se houvesse algo para relembrar.

34

Na volta do almoço, encontro um bilhete não assinado em cima do teclado. O pai ligou pedindo que eu entre em contato com urgência. Júlia foi hospitalizada. Na última vez em que nos vimos, Dia das Mães, ela estava de cadeira de rodas e já sem nenhum futuro sob os pés. Nauseada e esgotada pelo tratamento, me disse: Mariana, nunca pensei que fosse tão difícil morrer. Tampouco eu havia assimilado que, em breve, ela iria desaparecer. Até essa data, os gêmeos e eu evitávamos tocar no assunto morte, como se não houvesse nenhuma outra possibilidade a não ser a de cura. Era mais fácil fingir que não há fim. Mas depois dessa frase não foi mais possível. Dentro do corpo de Júlia, uma espécie de esboço do mal obstinava-se em nos provar que não passamos de matéria e de que é muito fácil devastar uma família.

35

Depois que o pai e a Hidra se retiram, convido os gêmeos para tomar um banho de mar. A conversa flui melhor em água corrente. Quero saber o que eles acham que o pai viu nela. Hidra não gosta de ler, de filmes e de ouvir música; não gosta de andar de bicicleta, a cavalo, de nadar; não gosta de bichos de estimação, de parentes, de crianças; não cozinha, não trabalha, não faz nada a não ser cuidar do próprio saliente umbigo. Se fosse ao menos graciosa, simpática e carinhosa... Não é nem com ele. E perto de qualquer coisa que Júlia tenha sido, é, definitivamente, um borrão, o que não faz a mínima diferença. O pai está fascinado. Hipnotizado. Hidra é mística. Ponto relevante. O pai é dado a esoterismos, e o esoterismo dele é dado a paranoias. O pai acredita em olho grande, gordo, olho tamanho G, extra G, e Hidra afirma que ele é alvo disso tudo e um pouco mais.

O pai, de acordo com os gêmeos, além de fragilizado pela morte de Júlia, está comovido por ser, pela segunda vez, presenteado com uma virgem: primeiro nossa mãe quando ela tinha dezoito anos e, agora, Hidra nessa idade misteriosa que, talvez, a gente tenha esquecido para facilitar as coisas, digo, o constrangimento de ser uma mulher não desejada. De onde eles tiraram esse absurdo, eu não faço ideia. O pai deve ter visto mais vaginas em sua vida que eu a minha própria e ele teria de beirar a estupidez para acreditar que Hidra se manteve intacta como ele gosta de dizer. Os gêmeos levam a hipótese na piada, com melhor humor que eu. Mas dizem que se fosse com eles, se matavam. Só de imaginarem Hidra lânguida sobre a cama, nua, de pernas abertas, pedindo seja gentil, têm um ataque de risos. A imagem é engraçada e bizarra, tragicômica, tenho de reconhecer rindo junto. Nós sempre fomos bons de risada. Deve ter sido uma experiência e tanto para o pai deflorar o intocável espinho.

36

De pijamas, deitada com os cobertores mofados do hotel até queixo, penso em ligar para Marco e dizer: sou uma teimosa estúpida, venha para cá ficar comigo. Mas não. Usando o telefone do quarto, ligo para a casa do pai. Se Hidra reconhece o meu número, não atende. Faz tempo que ela me barra. Quase tanto quanto o que tirou o celular dele.

Pronto. Quem é?

Penso em dizer alô, Hidra, c'est moi, Mariana, quero hablar com my dad. Mas não consigo. A voz fanha dela me dá enjoos. Não sei o que nela não me dá.

Pronto. Pronto. Pronto!

De novo, pronto. Pronta para o quê me pergunto. Por que ela não diz alô como a maioria das pessoas? Por que tem de ser diferente e por que não desliga o telefone como qualquer um faria? Porque Hidra é cautelosa. E paciente.

Querido, como é que se diz, tem uma pessoa passando trote em nós, escuto ela falar para o pai. E ela está curiosa. Tenho de me controlar para não rir. Hidra não consegue articular duas ou três frases sem largar um como é que se diz. Como é que se diz se encaixa em todos os momentos e cenas de sua existência. É como é que se diz para falar RG, CPF, o nome disso, daquilo, daquele outro lá. É como é que se diz para falar e saber de tudo. Falta pouco para ela dizer eu me chamo como é que diz fulana de tal Von alguma coisa. Hidra tem pedigree, é uma criatura fina da cintura para baixo como suas duas pernas de palito.

O pai a ignora, deve estar vendo um filme, repetindo as falas das personagens. Não responde nada. A fanhosa repete: como é que se diz tem uma pessoa passando trote em nós. Ela sabe que o pai detesta ser interrompido. Por ele, desinventavam o telefone. O pai detesta telefones, campainhas, buzinas, tudo que possa tirá-lo de si mesmo. Se ela disser mais uma palavrinha, aposto, ele grita. Três, dois, um:

Querido, como é que se diz estão nos passando um trote!

Não enche, ele diz. Um não enche é um grande progresso para os padrões de sua língua. Não tem palavrão que não tenha passado por ela. Júlia se estressava, dizia que ele estava corrompendo nossos ouvidos, chamava Nena para apoiá-la. Queria testemunhas do prejuízo verbal que ele nos causava. No cu papagaio, o pai dizia a toda hora. Os gêmeos e eu ríamos. Mandar alguém enfiar um sabugo de milho no mesmo lugar também era comum. Júlia ficaria chateada se me visse escrevendo essas palavras aqui. Se na boca dos meninos, elas a incomodavam, imagine na minha, seu único molde. Prometi a ela que não falaria palavrões. Mas Júlia morreu, e a morte cancela acordos.

Já Hidra não se chateia com o vocabulário do pai e não tem descendentes para estragar. Diz ter umas sobrinhas que nunca vimos. Talvez imaginárias. O certo é que ela tem, tal qual ele, uma linguagem própria e boa imunidade a desaforos. Não está nem aí se o pai é grosseiro. Ele a chamou de idiota na minha frente. Ela não quis ver o filme *Noites Brancas* conosco porque ele é em preto e branco. Ela fez que não ouviu. Por pouco não saiu assoviando. Levantou-se, ajeitando a blusa, e foi para o quarto ver um programa de auditório. Cinco minutos depois ria alto.

Mas quem ri por último ri melhor. A sabedoria popular um dia há de cair sobre ela. No momento, Hidra está no controle seja do que for. Não se dá ao trabalho de tapar o bocal do telefone porque se sabe em vantagem. Eu posso escutar o pai porque ela é a dona do campinho Presença física é um poder que ela tem. O que ela não sabe é que estou na cidade e que, se isso já me transtorna sem ter Nena doente, aumenta com a internação e com a longa noite fria que vem pela frente. Talvez várias. Marco não fez prognósticos concretos. Amanhã vamos conversar no hospital por volta das nove da manhã. Antes desse horário, sem ele não me deixam entrar na CTI. Portanto, tenho tempo para me entreter, o que, em outras palavras, significa, sofisticar o trote. Pego então o meu celular, abro uma playlist de canções e escolho a música perfeita para narcisistas incuráveis que diz que a criatura é linda, mais de que demais.

No alvo, Hidra ouve. Emite um som quando a canção termina. Não sei se geme ou se arrota. Não consigo diferenciar as duas possibilidades compatíveis com suas demonstrações de prazer.

Pronto. Como é que se diz, quem fala, quem está aí, ela fala.

A criatura é vaidosa. A vaidade ainda vai detonar o fim do mundo. Hidra é completamente sem noção. Não posso imaginar quem, além do meu confuso pai, ela pensa que poderia ver algo nela, um encalhe humano. Pobre do meu pai. O que não faz uma depressão. Na sequência de Você é Linda entra outra música também derramada. Providência divina, os espíritas diriam. Ela ouve e cantarola. Dou uma gargalhada e quase grito um viva tamanho o lance de sorte. Nocaute, xeque-mate! Hidra perde a cabeça. Pede que a pessoa, por favor, como é que se diz, se identifique e fale com ela. Perco a chance de ficar quieta. Provavelmente também a do pai me receber em casa nos próximos dias. Mas, não tem jeito, tenho de constrangê-la. E aí respondo, ora sua besta, quem mais tiraria sarro da sua cara se não eu.

37

Enfim, férias. Eu adoro o verão quase tanto quanto gosto do outono. No outono, a gente não passa nem calor nem frio. O banho de mar aqui é gelado como os dos açudes lá de V. A água do chuveiro também não é lá essas coisas. Eu uso o banheiro de Nena para tomar banho. Por diversos motivos. O principal é a posição estratégica em que ele se encontra. Primeira porta quando chego em casa coberta de areia dos pés aos cabelos. Júlia não gosta. Diz que, nos nossos, os shampoos são melhores. Pouco me importo. E se ela se importa, por que não coloca os mesmos no de Nena? Para tomar banho nos da família, eu teria de passar pela cozinha e pelo corredor do apartamento, deixando, obviamente, rastros. Meus trinta e poucos quilos já fazem uma baderna, e como é Nena quem limpa e organiza tudo, me sinto mal quando ela tem de ficar de quatro. Eu não gosto de vê-la abaixada. Seus joelhos estão desbotados e ásperos, cheios de bolinhas de esfregar chão. Foi ela mesma quem me disse isso. Toquei neles, de manhã, enquanto ela ajeitava minhas Maria-Chiquinhas. E depois fiquei com raiva de Júlia. Muita raiva. E Júlia de mim porque hoje perdi, outra vez, um pé dos meus chinelos de dedo. Na frente de todo mundo, sentada na sombra da barraca feito uma rainha, ela me chamou de desleixada.

Desleixada é ela que não pega nunca a vassoura e os panos da própria casa. Júlia não faz nada em casa. Nem a mesa coloca. Nem uma cama arruma. Passa se divertindo e embelezando, retocando o esmalte das unhas. Hoje, mais tarde, Nena irá comprar um novo par de chinelos para mim. Posso ir junto escolher se quiser. Júlia acha muito aborrecido esse tipo de compra. Preocupação com dinheiro não há e também não significa que ela tenha desistido de me educar com as próprias pernas. Significa que, assim como estou em férias escolares, ela se encontra em algum tipo de recesso de mãe, o que me aproxima mais de Nena.

Nena dorme no quarto ao lado do banheiro da área de serviço. Não durmo nele porque Júlia acha que aí já é demais. Não deixa, exceto quando uma das minhas avós vem passar uns dias conosco. O quarto de Nena é mínimo. Júlia chama de quartinho. Cabem nele o beliche, o armário de duas portas estreitas e duas ou três pessoas de pé. Como sou magrinha e pequena não ocupo espaço As janelas são também mínimas, uma em cima da porta e outra em cima do armário. Por essa, da parte de cima do beliche, se vê um fio de mar. É nele que passo boa parte do tempo quando não estou na rua.

À praia, vou todas as manhãs. A família inteira vai, menos Nena. Eu não gosto mesmo de Júlia quando ela fala que Nena não pode ir porque alguém precisa arrumar a casa. Nena não precisa da manhã inteira para arrumar a casa. Não vai à praia porque é nossa empregada. E empregada nenhuma, de casa alguma, pode ir. Não é socialmente aceitável. Essa é a verdade. Por ela, Júlia diz, Nena iria. O problema é que o socialmente aceitável é bastante autoritário. Nena não tem permissão para frequentar nossa barraca como Júlia e eu, também, não somos autorizadas a voltar a ela no horário das domésticas. Sim, elas têm a hora delas. Depois de servirem os almoços, de arrumarem as bagunças, de lavarem os maios, biquínis e calções dos patrões, podem se reunir para respirar um pouco de paz e se desintoxicar da gente. Tudo muito simples, esquisito e injusto.

38

Nenhuma janela na CTI. Ausência completa de luz natural. O dia se esconde do dia e a noite se esconde da noite. Os dois, dos relógios quebrados. Sei que são vinte e uma horas porque cheguei faz minutos e porque um atendente veio entregar o avental, as luvas e a máscara para a visita. O box em que Nena está há uma semana é o dezoito. Parece um casulo com uma presa.

A atmosfera é opressiva. Não entendo direito o contexto e o cenário. E penso que não tem como isso fazer bem à saúde mental de um doente. Nena está sob medicamentos pesados e sob alta carga de tensão. Como da primeira vez em que esteve em um estado crítico, ela diz coisas confusas e sente medo. A arquitetura do setor faz a gente se sentir dentro de um tipo de célula em que, no núcleo, ficam os pacientes e, no citoplasma, se movem os visitantes. Metade dos visitantes tem de ir por um lado e metade por outro. Vamos adentrando um por vez e desaparecemos da vista um do outro em segundos.

Do box de Nena, conforme o lugar de onde me posiciono, vejo o humano magérrimo e sem cabelos que definha no box ao lado. Não identifico o sexo, mas a juventude por debaixo da debilidade é visível. Se eu fosse mãe, ele poderia ser meu filho ou filha. Um homem de cinquenta e poucos anos o visita. Cuida. Zela moralmente. Ninguém faz nada em uma CTI além de olhar e falar baixinho. Nas últimas noites, ele não disse uma palavra. Não sei se Nena os vê e escuta. Desejo, desesperadamente, que não.

39

Pergunto se o câncer é de pâncreas mesmo, e o especialista confirma. Diz que Júlia está também com metástase óssea e que não há o que fazer. Diz assim sem rodeios, com a morte grudada nos lábios, confundindo objetividade com falta de compaixão. O pai, em pé, treme uma palidez duplicada no vidro da janela e chora sem esconder a dor e o medo. O especialista o crítica. Segundo ele, o pai, sendo também médico, tem o dever de entender o ciclo da vida e o que nem todos entendem. O pai sabe o ciclo da vida. Os gêmeos e eu sabemos. Sabemos que ninguém derrota um câncer de pâncreas. Quem não entende o que diz é ele. Oncologista tem de pensar antes de abrir a boca. A obrigação com a verdade que ele acredita tem de vir de mãos dadas com a sensibilidade. Gente não é máquina, brinquedo, CPF. Se for para o bem, que se minta. Em nome de tantas coisas pequenas se mente. Eu não quero que Júlia saiba o que está acontecendo em seu corpo. Então, interrompo sua autoridade científica quando ele diz que, assim que o pai achar conveniente, eles podem conversar com ela sobre a doença. Ele trocou a palavra câncer por doença. Talvez sinta um leve remorso. Não importa. Tomei a decisão de poupar Júlia da verdade absoluta. Ela só saberá da verdade o que não ferir sua esperança. Terá acesso ao que ela der conta. Ele, o oncologista, está terminantemente proibido de falar qualquer coisa que a desanime. O pai não me contesta e os gêmeos, seus duplos oficiais, também não. Júlia, nesse quadro, passa a ser minha. Eu a possuo. Estão todos proibidos de falar com ela sobre a metástase. Ordeno ao pai e aos gêmeos que se mexam. Vamos embora. O pai pego pela mão. Os gêmeos deixo soltos. Apressados, se empurram com raiva. O diagnóstico fatal de Júlia faz sua primeira vítima. Pouco antes de chegarmos no elevador, um manda o outro tomar no cu. A imaculada irmandade de univitelinos se alquebra.

40

Sozinha, debaixo da barraca, rodeada de mulheres no sol, cobertas de bronzeadores e de frescuras, Júlia me chama. Quer me fazer uma pergunta. Eu estou ocupada, ocupadíssima, com outras crianças lutando contra as ondas destruidoras de castelos. Mas Júlia é minha mãe, e não conheço nenhuma que não tenha vindo com o sensor de não atrapalhe e não envergonhe os seus filhos danificado. O mar está agressivo. A situação não está para abandono e a muralha vai mal. Pode ser depois?, pergunto. Não. Alguém tem de assumir meu posto de chefe para que ela não se levante e venha me mostrar quem é que manda. Portanto, ajeito o chapéu, sacudo a frente da camiseta e digo à garotada que busque mais baldes de areia fofa e faça o que for possível. Ninguém se recusa. Júlia, lá de seu trono, sorri. Estou sendo bem-educada por ela. Esquece de dizer que também por Nena. De perguntar quem são meus novos amigos e de quem eles são filhos, é claro, lembra.

Eu não faço ideia quem eles são, são amigos de praia, respondo olhando para o punhadinho de areia que seguro em uma das mãos. Não seria má ideia jogar nela ou em uma de suas comadres. Um harém horrível de corujas, como diriam os gêmeos. Sem exceção, usam óculos de sol enormes, formando um conjunto de feiura de arrepiar os cabelos. Júlia não. O pai tem toda razão em dizer que ela é uma diva. Perto dessas outras, nem se fala. Ela é especial. Espero que o motivo pelo qual interrompe minha brincadeira seja também. Meu pé esquerdo já está batendo. Os meus pés adoram dedurar estados de espírito. Os meus e os do pai. E ela sabe, então larga a pergunta estapafúrdia sobre se eu namoraria um menino negro. Eu sequer tenho idade para namorar. Ela vive dizendo que é cedo para namorados. E Júlia não é doida nem cretina, um pouco manipulável. E essa pergunta é uma pergunta que me ofende, ofende o que sinto por Nena, a beleza que vejo em Nena e que ela, Júlia, branca como leite, também vê. Seria melhor deixá-la falando com o vento e com as feiosas que estão no entorno. Mas respondo, mesmo porque estou com pressa. Claro que sim, por quê? Você e alguma dessas branquelas aqui não namoraria um homem negro se fosse solteira? Júlia sorri. Sorriso de verdade. Obrigada, filha. Era essa a resposta que queria ouvir. Pelo jeito, a corujada tirando os óculos para me ver melhor, não.

41

A mão macia e quente segura a minha pelas calçadas. Em dez minutos, estarei em mais uma aula de piano em que pouco aprendo. Além do frio e da umidade, o horário não me ajuda. Depois do almoço, tal qual os corpos de outras pessoas da família, o meu pede por um solzinho e um travesseiro. Resiste às exigências a que eu o obrigo, a que somos obrigados. A avó materna vive dizendo que o que o nosso povo mais gosta de fazer é dormir. Não entendo por que, então, enquanto os gêmeos descansam, eu tenho de receber a formação elegante, fina, primorosa e não sei mais quantas outras palavras bonitas que Júlia adora listar.

Duas vezes por semana, sempre com Nena, enfrento a suprema chateação da minha vida de menina. Ela me leva e busca. Não que eu não goste de piano. Vi com o pai um filme sobre um pianista, *Melodia Imortal* ou algo assim, de uma beleza única. Acontece que não levo jeito. Da ponta do pé ao coque dos meus cabelos, me saio melhor nas aulas de balé. Insisto com o piano porque, nessas idas e vindas, tenho Nena só para mim. Os gêmeos nem a merecem. Se merecem, é bem pouquinho.

Neste início de tarde, ela me propõe uma brincadeira. Devo fechar os olhos. Totalmente. E deixar que ela me guie como se eu fosse cega. O mundo do faz de conta me encanta. Quero ser a sua boneca que anda. Dou quatro, cinco, seis passos e, bum, bato com o rosto em um poste. Testa, nariz, queixo doem. Tudo gira. Estrelinhas aparecem. E sangue. A batida foi forte, proporcional à confiança que tenho em Nena. Talvez eu ganhe mais uma cicatriz. Se eu ganhar, Júlia nos mata. Ela não se cansa de perguntar ao pai quando eu poderei fazer a plástica na que já tenho. Mulheres não podem ter marcas no rosto, Mariana, ela fala, E ser enganadas? Nena me enganou. Não fez por mal. Ela nem precisa me dizer. Assustada, ela se abaixa e me abraça, jurando por Deus e tudo o que é santo que não queria me machucar. Os gêmeos desviaram. Pensava que eu faria o mesmo.

42

Sentada em frente à televisão, por cima da camiseta, analiso se não tenho um seio maior que o outro. Meus seios, por ora, são a marca da minha feminilidade. Meus quadris ainda não estão redondos. Não faço o tipo violão. Júlia é esguia. Nena é mais curvilínea. Não sei que mulher eu serei quando eu tiver, de fato, crescido. Inquieta-me pensar sobre sermos mulheres e o que, lá no começo, nos determinou para o gênero feminino. Na escola, a professora de Ciências, fonte constante de gritos e ofensas a nossas tensões pré-menstruais, tenta colocar em nossas cacholas informações sobre cromossomos, genes, DNA. Mariana, é uma fêmea porque possui dois cromossomos sexuais X. Certo. Um cromossomo X mais um cromossomo X resulta em uma Mariana. Não sou um X mais um Y. Se fosse, estaria acrescentando pelos e virilidade ao planeta. Logo, o X da questão está ligado à existência também de um Y. E isso tudo me deixa confusa. Quando a natureza não coloca um Y em mim, é porque ela é menos criativa? Se é, então por que cabe a meu corpo gerar, parir e educar os novos X e Y da espécie?

O pai, sentado em sua poltrona perto da lareira, rei dos Y por aqui, com um livro nas mãos, imagino que tenha as respostas. Assim quieto, tirando e colocando os óculos, parece ocioso. Mas está em movimento. As leituras dele são sempre gestuais, cheias de interrupções por ele mesmo promovidas. Por isso, o interrompo perguntando o que ele está lendo. Crime e Castigo. E é sobre o quê? Crime e castigo, ele diz de um jeito meio atravessado. Não gosto do tom. Parece o dos gêmeos. O pai, de vez em quando é explosivo, mas não costuma ser debochado e irônico, censura os gêmeos por serem. Sua voz nunca é um barulho. Até hoje não era. A mãe morre de vergonha dos barulhos do pai. Os mais constrangedores são os dos cafés e das sopas. E, para o desgosto dela, são os que também faço. Sou um XX com áudio de XY e curioso. Pai, você sabe me dizer por que a gente nasce homem ou mulher? Oh, Mariana, por merecimento. Os gêmeos riem, concordando com a cabeça e com palavras: isso, pai, sim, isso mesmo, sim, sim. Disparam um festival de sins. Olho então para Júlia, penelopando um gorro, não sai em nossa defesa. Permite que eles tramem. Estão todos tramando. E isso explica um pouco o porquê das mesadas dos gêmeos serem quase o dobro da minha.

43

Outra noite chuvosa, quase o horário-limite para eu sair para a visita à Nena, e eu não terminei de jantar. Na verdade, não sei se essa visita existe ou eu a inventei. Sei que a cumpro como a uma necessidade do corpo. Desde que ela foi para um quarto, as coisas se complicaram para o meu lado. Sem autorização, tenho de ser criativa para entrar no bloco em que ela está internada. No acesso principal a ele, ou não tem ninguém para dar informações ou as portas estão mesmo fechadas. Então vou por onde meu instinto manda. Ou seja, por portas e corredores secundários. Em regra, eles me levam até o ponto crucial: a grande porta com janelas de vidro que impede os saudáveis de se aproximarem dos não saudáveis. Daí para frente só com senha. Alguém tem do mesmo jeito que tenho paciência. Cruzo os braços e espero alguém por alguém que a tenha. Não demora, mas é solitário mesmo quando as pessoas surgem. A maior parte entra ou sai sem me dizer boa noite, o que não deixa de ser bom porque também não me faz perguntas. Simplesmente me dá passagem.

Os outros poucos visitantes noturnos com que me deparo, não sou a única esquisita obsessiva do planeta, não sei a que mapa seguem. Fingem que não me veem. Não querem conversa. Eu quero. Quero saber de quem são parentes, há quanto perambulam pelo hospital, de onde são. Os que respondem, quando muito, com monossílabos, se não estão deprimidos, estão com medo. Eu não tenho medo de ser pega. Não tenho mais medo de quase nada. Tenho de ser rude e mal-educada. Júlia e Nena combateram, com unhas e dentes, as minhas tentativas de má educação, ainda que nem sempre eles tenham sido muito afiados.

Os pacientes, por sua vez, se estiverem em condições, interagem na mínima chance. Falam sobre suas vidas e mostram fotografias suas de antes de adoecer, me explicando que não são quem agora parecem. Sobre Nena não querem saber. Precisam falar sobre si, quem foram. Há uma espécie de necessidade de não se reconhecer nas mazelas, principalmente, entre os que foram abandonados. Abandonadas. Em geral, as mulheres são as vítimas. Seus companheiros, soldados ruins de trincheira, deixam de vê-las ou as trocam por outras em questão de semanas. Eu as escuto um pouco. É tanta decepção e desamparo. Ouço minha voz quando elas falam. Suas vozes lembram também as de Nena e de Júlia. Nessas horas, sinto saudades do meu pai, leal à Júlia até o fim, e sinto carinho também por Pedro, um outro homem que sei que não vai partir.

44

Seu Miguel, aqui não tem telefone, e o senhor sabia que lá em casa tem dois, um no andar de cima e outro no debaixo e que, mesmo assim o meu pai não deixa os primos da minha mãe usarem nenhum deles? E o senhor sabia que eles também estão proibidos de usar os telefones públicos da cidade? Nem orelhão podem. Os primos, mesmo Raul, o que é igualzinho ao meu avô, têm de pegar um ônibus e viajar para uma outra cidade longe duas ou três horas daqui quando querem telefonar para alguém. Faz parte de um acordo. Secreto. O pai disse que ou era desse jeito ou então não era nada. Ninguém questionou. E o mais estranho, o senhor sabe é que eles morrem de medo de soldado. Júlia morre de medo de soldados. É tanto pavor que acho que eu também sinto. Eu não tenho medo de bruxas, monstros, fantasmas, velho do saco. Nem de cobra. Eu matei uma à pedrada. Ela estava de um lado de um riachinho, eu do outro. Ela me olhou, eu a olhei. Ela pensou mordo. Eu, bum, esmaguei sua cabeça. Mas de uns tempos para cá, seu Miguel, sei lá. Na hora da saída da escola, se vejo um homem fardado, fico no pátio ou atravesso a rua. Os gêmeos também. E a gente nem combinou nada. O pai diz que é para dizermos bom dia, boa tarde para eles e continuarmos andando. Diz da boca para fora. No dia em que a campainha tocou tarde da noite lá em casa ele, espiando pela janela, viu o camburão estacionado, ele não queria abrir a porta. Júlia teve de acalmá-lo, de lembrá-lo do tipo de médico que atende a todo mundo que ele é e que ele não deveria mudar de jeito justo agora. Justo agora? O que o senhor acha que ela quis dizer com isso? O senhor tem medo de soldado também, seu Miguel?

45

Acordo minutos antes do despertador. Falta pouco para as sete horas. O ar-condicionado não aquece direito. Vai ser difícil encarar o chuveiro. Melhor eu me levantar, colocar logo um casaco e espiar a cidade. Através da vidraça não a vejo bem. Uma cerração baixa, daquelas que antecede o sol de rachar, como Nena gostava de dizer quando eu era pequena, a encobre. Quando eu era pequena, a luminosidade do mundo vibrava sobre a paisagem e sobre o meu corpo magrelo em transformação. Mesmo nos dias mais gélidos, por onde quer que eu fosse, ela me mantinha no caminho.

O cenário agora é outro. Não preciso pôr o nariz para fora do quarto para constatar que nada foi mesmo para sempre aqui e que estou, apesar de Marco, só na cidade em que nasci. Até a natureza está diferente. Os pinheiros araucárias desapareceram, e as pessoas que partiram para estudar em outras cidades, como eu, não voltaram. A dona do hotel, paciente do meu pai, acredita em abdução. Os que não voltaram é porque estão no universo, ela me disse ontem à noite olhando para o céu, ignorando a prova viva que sou de que sua tese é absurda. O céu, no entanto, segue o mesmo. O céu é inatingível. Alguma coisa teria de estar fora de nosso alcance, protegida de nossas piores versões. A pior versão do pai é a atual. Na verdade, é a única ruim. Hidra despertou nele uma cabeça que os gêmeos e eu não conhecíamos. E que não sinto vontade de encontrar. Mas não posso viajar até aqui, ficar quantos dias for preciso e ir embora como se eu fosse órfã. O pai está vivo apesar de submisso à Hidra, e ela, aposto um dedo, não me deixará falar com ele nem pisando sobre o seu cadáver. Como é que se diz, querido, a campainha tocou, mas não é ninguém lá no portão. E se o pai insistir em saber quem é, ela reforçará o ninguém dizendo se tratar de mais um desses pedintes vagabundos, vira-latas, sujos de rua. Hidra tem aversão à gente pobre. No tempo de Júlia, a casa não era gradeada e as portas estavam sempre destrancadas. O último que fosse dormir passava as chaves. E isso não acontecia apenas porque havia menos violência urbana. A casa era uma igreja, um templo em que qualquer pessoa podia chegar, bater palmas e perguntar pelo doutor. Mas o respeitado doutor, pai dos pobres, pai afetuoso do trio de rebentos de Júlia, quase pai de santo, pai para toda obra, perdeu a grandeza, encolheu. Querida, encolhi o seu papai, Hidra pode me dizer. Os seus dedinhos dobradiços giraram a chave do tamanho, cortando-o pela metade. Se muito, a metade. Para os gêmeos e eu não esquecermos do cara bacana que ele foi, temos de fazer enorme esforço.

46

Desencalhado! Um dos gêmeos está namorando. Nena descobriu. Júlia deu gritos, quase teve um infarto tamanha a euforia. Todos nós temos de nos casar. Júlia parece o seu Miguel preocupado com a solteirice das filhas. Nena é jovem, não é uma tia velha. Os gêmeos, até ontem, ela chamava de meninos. Agora, diz que são homens e dá pulinhos porque, além de mãe, é também sogra. No final de semana, ela, que acha o clube uma cafonice, foi ver a norinha tocar violão e cantar umas baboseiras. Não sabe uma música do Chico ou da Elis, um pouco de Roberto Carlos. Para Júlia, está bom. E estão ótimos os olhos verdes da norinha, de berço e cabelos dourados, debutante aos quatorze anos. Exuberante, Júlia diz. Eu entendo o exuberante como acima do peso. Não, ela é curvilínea, Júlia ressalta, enaltecendo sua beleza mais que José de Alencar à de Iracema, comparando-a com Iracema. Iracema com os cabelos da cor da asa da graúna e sangue indígena de verdade, como a minha tataravó Rabuzina e como eu, Mariana, a quem ela vê os cabelos revoltos como as ideias todos os dias e a quem ela faz e desfaz elogios.

Elogios permanentes merecem as boas meninas das boas famílias. Ser de boa família implica algumas peculiaridades, como por exemplo, ter um nome e um sobrenome português e composto, tipo, sei lá: Xavier de Paula ou de Alcântara Machado. Júlia é que entende dessas coisas. E ser de boa família implica, é claro, dinheiro. Isso eu tenho. Digo, ela e o pai têm. Não tenho é o temperamento perfeito. Tampouco Júlia, embora pense ter, tem um. O do pai oscila. Na maior parte do tempo, ninguém tem o que falar dele. Podem falar da sua falta de manejo com talheres. No sentido aburguesado da existência, ele fica devendo um pouco. O pai, meus avós e os meus tios passaram maus bocados. Júlia se incomoda. Do passado do pai, ela não gosta. Não por ele. Por causa do que as outras pessoas podem dizer. As outras pessoas pensam que o pai nasceu rico e faceiro. Não sabem que ele usava um smoking emprestado de um colega de faculdade no baile em que a conheceu ou que dormia em uma garagem quando menino ou que teve de dar aulas particulares de muitas matérias para se sustentar enquanto estudava Medicina. Júlia esconde tudo isso como se fossem crimes. Nem mesmo Nena ela queria que soubesse do histórico tão pouco encantado e de tão poucas moedinhas do pai. E daí se Nena soubesse? Se tem alguém que entende de moedas é a Nena. E se tem algo que não gosto, em Júlia, é essa mania de excluir Nena de nossa intimidade. O pai se orgulha por ter trabalhado para poder estudar. Nena se orgulha por trabalhar. Não sei se Júlia se orgulha dessa sua conversa de sinhá.

47

Difícil relaxar e dormir. Saí do hospital com a bateria no vermelho, esgotada. A mãe mal pode se expressar. Tive a impressão de tê-la ouvido chamar por Nena. Estou com o sono atrasado. Não fechei o olho durante o voo e a vinda de carro para cá. Desde que encontrei o recado do pai em cima do teclado do meu computador para que eu viesse logo, não sosseguei. Os lábios da mãe estão secos e rachados, uma gosma esbranquiçada escapa por entre eles. Todas as suas palavras saem como ruídos. Nesta tarde, os gêmeos e eu perdemos as nossas. Fiquei sem fala enquanto tentava hidratar sua boca, outrora carnuda e falante, com algodão embebido em água. Ela não consegue mais engolir uma gota. O fim, ininteligível e inexplicável em sua idade, a venceu. Um câncer de pâncreas é um labirinto sem saída. E, ainda assim, Júlia não chora. Não a vi chorar uma única vez. O pai se desmancha. Não vou aguentar, nenhum de vocês está sofrendo como eu, diz. O pai compete em infelicidade com o drama de Júlia. Insisto para que ele entenda que a grande vítima é ela. Mal ou bem, nós seguiremos vivos. Ele não concorda. Insiste em falar sobre o próprio sofrimento e a carga que carrega. Eu não passo da ingrata que trocou a família e a mãe moribunda por uma carreira. Aos gêmeos, ele não critica. São homens. Eu deveria ceder, me sacrificar e pedir demissão para cuidar dela. O pai está se tornando amargo e covarde e voltando a ser o machista que Júlia combateu. A fé que coloquei em mim merece o mesmo respeito que a dele em si, em Deus e na medicina. Júlia me disse para não desistir sob pretexto algum. E é a ela que pretendo ouvir.

48

Com os móveis laqueados em tons de rosa, o papel de parede em tons de rosa e iluminado por um lustre de cristal, o meu quarto de menina parece um quartinho de boneca. Sobre a penteadeira restam uns bichinhos de pelúcia e o porta-joias de madrepérola herdado de minha avó materna. A cama não é a da infância. Por iniciativa de Júlia, quando fiz quinze anos, ganhei uma de viúva. Sim, é esquisito ganhar uma cama com nome de estado civil, ainda mais um agourento, quando não se tem nem mesmo um namorado. Mas tanto quanto é esquisito, é também confortável e estimulante.

Dentro do armário, outrora abarrotado de roupas, seguem coladas nas três portas, pelo lado de dentro, as figurinhas e os adesivos de meus gostos de pré-adolescente e de adolescente e seguem escritas as datas até então importantes. A infância é cheia de marcos. Crescer é. Fora esses registros secretos, um travesseiro, um cobertor, vários cabides vazios, um terninho e um par de sapatos somam tudo o que ele me oferece.

Eu trouxe pouca bagagem. Não tive tempo de fazer escolhas. Poderia ter trazido o pretinho básico que Júlia me deu em meu último aniversário. À mão, tenho um casaco quente e, na bolsa de viagem, meia dúzia de peças entre jeans e camisas. Nada elegante como o traje pendurado em meu guarda-roupa. Se ele é de Júlia, eu não o conheço. Mas sendo Júlia clássica e organizada como é, é bem possível que o tenha separado para usar em seu funeral. Eu não consigo imaginá-la deitada em um caixão, sem vida. E não sei de onde ela tira coragem para isso. A vontade é de tirá-lo do quarto, afastá-lo de mim. Mas não posso. Se a mãe quer assim, assim vai ser.

49

Hidra haircut, Otelo de saias, muito mais que os inimigos de Hércules em seus doze trabalhos, cometeu uma atrocidade. Parecerá mentira, mas é real. Cem por cento. Como também tenho certeza de que ela poderia pagar por ela na Justiça se tivesse sido denunciada. Certamente, há, no Código Penal, o artigo que a enquadra. Não sei se rígido o suficiente. Se dependesse de mim, ela passaria uma temporada em uma cela. Como eu soube da atrocidade, não vem ao caso. Vem de uma fonte segura e isso basta: pessoa, de certa forma, da família de tão íntima e com uma rede de informações à prova de falha. O pai confia nela, os gêmeos, Nena e eu confiamos. Confiar é uma palavra um pouco forte. Acreditamos. É provável que até Hidra acredite. A fonte e Júlia foram muito amigas. Sendo mais específica, a fonte foi a amiga mais porre de licor de ovos, chata aos extremos, que alguém poderia ter. Jamais seria uma escolha afetiva minha. Não herdei a paciência de Júlia. Penso que a gratidão, sim. Então, obrigada, fonte, por ter ido até o meu armário pegar o terninho e os sapatos que Júlia separou para o enterro; obrigada, fonte, por tê-la maquiado morta. Obrigada por ter me poupado desse momento tão pesado quanto um crime.

A atrocidade de Hidra, eu entendo como um crime. O crime em questão, conforme palavras da própria, depois de vários copos de caipirinhas e de eu tê-la confrontado, na hipótese de que fosse verdade, ela disse, poderia ser entendido como um ato de legítima defesa de posse e propriedade sobre um homem. Eu ia escrever também de honra, mas ela não usou essa palavra; portanto, seria mentira. Não que mentiras não combinem com ela e sua potente imaginação e ferocidade.

A ferocidade de Hidra é coisa mesmo de quem tem muitas cabeças funcionando mal ou para o mal ou ambos. A ferocidade de Hidra a fez raspar os longos cabelos de uma outra mulher depois de lhe dar uns tapas no rosto. Segundo sua lógica, o pai e a mulher estavam tendo um caso. Não faz parte do pacote de defeitos do pai ser bagaceira. Júlia sabia. Júlia nunca foi enganada. Mas Hidra, com seu grau de autoestima mais baixo, não acredita. Para ela, os homens são todos iguais, cafajestes e bandidos. E sendo o que são, ninguém escapa à regra. Nem o pai, a quem ela ameaça com pragas. O pai morre de medo de pragas e não sei como pode pensar que Hidra faria algo contra a sua galinha de ovos de ouro. Talvez porque, no fundo no fundo, veja o que não quer ver. Hidra é malvada e louca. Hidra, por exemplo, amamenta gatos, falo dos de quatro patas, felinos. Amamenta para manter os seios fartos.

50

Quase a hora de ir para o hospital ver Nena. A neblina segue, e eu estou aqui parada. No café da manhã do hotel, não tinha quase ninguém. Nem mesmo minha fome. Só a vontade de encontrar o pai e de entrar na minha casa, essa casa em que cresci e que a grama e as folhagens agora crescem desordenadas. Nos vasos de flores, restam torrões. Todas as janelas e cortinas estão fechadas. E a pintura, como os gêmeos tinham me dito, descascou. Quando Júlia estava viva, as pessoas paravam para admirar o capricho da esposa do doutor. Capricho dela e trabalho de Nena, duas, quatro mãos delicadas com a vida. Os caprichos de Hidra são de outra natureza. Ela não é como nós. Não sei quem é, com quem ou o que se parece. O pai disse, na desastrosa tentativa que fiz de passar uns dias com eles logo depois de ela ter mandado Nena embora, de ela ter me servido café frio e de eu ter ido me hospedar em um hotel, que Hidra não faz nada por mal. Simplesmente não lhe ensinaram a ser boa e a compartilhar. Me pergunto se não a ensinaram ou se ela é que não quis aprender. Nem a comida ela reparte. E ele não percebe. Se fosse possível fazer uma ressonância magnética de seu caráter, talvez, ele entendesse o que passa.

51

Saboreando o cuscuz, pergunto a seu Miguel se ele já ouviu falar no Lago dos Cisnes. Não. Mas conhece alguns açudes na região e o Rio Pelotas, o que banha a cidade a distância. O mar, ele gostaria muito de conhecer. O Lago dos Cisnes é o nome de um balé russo, seu Miguel. Um ah, longo, ele diz. Da Rússia, também não sabe nada. Dos comunistas, alguma coisa porque eles estão pelo país e porque Nena contou que o meu avô, pai do meu pai, é do partido deles e que os montes de primos dos meus pais que se hospedam, lá em casa, são também. Sei, sub-ver-si-vos, ele diz aos pedaços. Até onde sei, Júlia pediu segredo sobre isso tudo e nos proibiu de dizer essa palavra perigosa. Não era para estar na boca de seu Miguel, ainda mais que ele é de dar com a língua nos dentes. Júlia vai se zangar se souber. Então, explico que se voltarmos a falar sobre esse assunto poderemos criar sérios problemas. Ele sorri, me puxa para o colo e diz, menina, esse velho ancião nunca que iria colocar Júlia em perigo. Eu gosto de seu Miguel. Muito. Então, decido que ele tem de ir me ver dançar. Em quinze dias, estarei no palco do clube em que faço aulas coberta de plumas brancas. Não pode. Sua perna direita dói o tempo todo, ele quase não caminha mais. Bem verdade que as minhas pernas doem também. O pai diz que é dor de crescimento. Júlia repete a fala dele. Nena acha que é porque não paro quieta. O fato é que, independentemente do motivo, eu estou me treinando para ser à prova de dor, como Raul, que Júlia tanto adora. Raul, de vez em quando, se queima com velas, mergulha a cabeça dentro do tanque, se dá até uns socos. Parece meio doido. Ele também disse que não irá me ver. Eu queria que fosse. Na noite de espetáculo, pela primeira vez na vida eu não serei eu. Maquiada, de coque, tutu e sapatilhas sem ponta porque sou iniciante, serei um cisne. Ou um patinho pequeno e desajeitado como o feio, os gêmeos dizem. A história do Patinho feio seu Miguel conhece. Nena leu para ele, trouxe o livro da biblioteca lá de casa. Da bilhoteca do seu pai, ele diz, e eu não o corrijo. Nena também não me corrige. Já Júlia não deixa passar nada. Ela lê para os gêmeos e eu uma vez por semana. Nena lê um trecho de alguma história para mim todas as noites. De vez em quando, chora. Às vezes, segue chorando com o livro já fechado. Ela é insistente com as lágrimas e com tudo: está rebordando minha fantasia de cisne com mais canutilhos e lantejoulas brancas. Dezenas para que ninguém duvide de que bichinho sou. Tem dias em que gosto mais dela que de Júlia. Quase todos. Júlia é muito sem tempo. As coisas dela, faculdade e cursos, a ocupam demais. Eu entendo e não entendo. Nena é a pessoa mais ocupada que conheço e nunca me esquece. É mais ocupada até que o pai. Ele está sempre no hospital, no consultório, em um atendimento domiciliar, mas ele já me garantiu. Irá me ver. O pai é louco por balé.

O pai também é bastante ocupado, mas irá me ver. Ele é louco por balé, pelos escritores russos, pelo cinema russo, pelos russos em geral. Meus tios e ele são. O mais velho foi assistir a um espetáculo do Bolshoi em Moscou. O pai queria ir com ele. Júlia se opôs, bateu o pé. Nem passando sobre o meu cadáver, você vai, seu mentecapto, ela disse. Adoro essa palavra! Men-te-cap-to. Ou será: men-te-ca-pto? Não sei. Sei que o tio foi demitido da faculdade de Medicina em que dava aula assim que voltou. Não foi também expulso do hospital por um triz. Patifes, milicos, canalhas, o pai berrou pela casa, assustando todo mundo. Não lembro de ter visto Júlia tão apavorada. Caminhando atrás dele, implorava para que ele, por favor, falasse baixo, falando sem parar sobre as paredes terem ouvidos, os vizinhos terem e sobre os gêmeos e eu ficarmos sabendo coisas demais. Os vizinhos não sei, as paredes tenho certeza de que são surdas, mas eu, bem, eu escuto até batidas de coração. Os gêmeos poderiam escutar se não passassem tanto tempo ocupados um com o outro.

52

Minha prima fala que é caso de vida ou morte, vem com uma ladainha de que sangue não é água, somos carne da mesma carne, portanto eu que nem pense em não ajudá-la a arrumar um namorado. Diz já me passando uma folha de caderno cheia de frases que devo repetir assim que ele atender o telefone. O nome dele é Marco, ele é da minha escola, turma do segundo ano, tem os olhos verdes, covinhas e namora uma enjoadinha da oitava série do colégio das freiras, a mesma chatice sem meninos em que ela estuda.

Eu sei quem é Marco. Todas as meninas sabem. Ele é o melhor aluno do colégio e um pouco sério. Não é de se misturar na hora do recreio. Se eu não me identificar direito ou falar uma bobagem, aposto minha caixa de papéis de carta, ele me deixa falando sozinha. Minha prima aposta em seu roteiro. Diz que ele ficará encantado com o meu falatório desde que eu repita o que ela preparou com uma voz persuasiva. Eu não tenho certeza de que tenho uma. Nem sei sobre que ela está falando. Sei que, de cada três frases, em duas há um insulto à namorada dele. Chata, vesga, boba, galinha.

Acho ofensivo. Ela vai desligar na minha cara volto a dizer. Minha prima rebate: uma boca virgem, que nunca teve um namorado, não serve para dar conselhos, só para telefonar. Ela é agressiva também comigo. Mas está certa. Em termos de namoro, quem sou eu para dar palpites? Disco, então, os números com ela grudada, respirando o seu bafo de bala de menta direto no meu nariz. Atende uma senhora. Alô, boa tarde, digo essas frases de praxe e pergunto pelo Marco. Ela pergunta quem quer falar com ele. E com essa frase vai por água abaixo o roteiro. Eu disse que ele não estava bom. Não tenho um nome. A gênia, sangue do meu sangue, carne da minha carne, não me deu um porque era para eu ser misteriosa. E agora? Anônima, não posso ficar. Minha prima assopra que eu fale a droga de um qualquer. Mariana, meu nome é Mariana. Ela me belisca e ordena que eu bata o telefone. Não mesmo, de jeito nenhum paro agora. Ela sai porta afora, praguejando. A senhora se chama Helena, é mãe do Marco, e quer saber, tal qual Júlia costuma fazer, de quem sou filha. Da Júlia e do Alberto, o médico. Ela conhece os meus pais. Acha Júlia a mulher mais bonita da cidade e o meu pai um ser humano muito bom. Manda lembranças a eles.

Em segundos, é Marco quem está no telefone perguntando que Mariana sou. Devia estar no sofá ao seu lado. Só pode. Sou a Mari da oitava série do nosso mesmo colégio, irmã dos gêmeos. Ele fala, ah, sei quem você é e pergunta o que quero. Improviso. Estou fazendo uma pesquisa, preciso saber o que os alunos das outras turmas gostam de ler, se é que gostam. Não deve ser um assunto atraente, mas é o que me vem à cabeça. Estou lendo O tempo e o vento, ele responde. Eu adoro Erico Verissimo! Adoro a *Ana Terra*. Ele prefere o *Um certo capitão Rodrigo*. E, de preferência em preferência, para o desgosto da enjoadinha do colégio das freiras e o de minha prima, a gente começa a se falar todos os dias na hora do recreio, pelo telefone, no clube, em todos os lugares.

53

Cardiologia, endocrinologia, neurologia, medicina interna, acesso restrito, somente pessoal autorizado. Não tem corredor em que não haja alguma informação desagradavelmente necessária. Vou lendo em voz baixa, uma placa atrás da outra, contando as lajotas dos corredores, para desanuviar. Alguns andares têm seis enfileiradas lado a lado; outros, cinco. Assépticas e horríveis, quase todas cinzas. Há o setor A, B, C, D, F, G, Z e nem sei quantos mais; o alfabeto inteiro para gente se perder.

As pessoas por quem passo falam sobre os mesmos assuntos: quem são os bons médicos e os maus; coletas de sangue e de urina; exames e cirurgia adiados uma, duas, várias vezes; quimioterapias, paradas cardíacas e amputações; recaídas e o abandono por parte dos familiares e falam, sobretudo, das mortes, as inevitáveis mortes antecipadas pelo excesso de faltas. Falta de sorte, de recursos, de doadores e de empenho público para fazer a roda andar.

São vozes e tons misturando os assuntos, os soluços e algumas risadas. Todos esperam ser salvos ou pelo menos ter um pouco mais de tempo para acertar pendências com os familiares e corrigir erros. O remorso por não ter feito isso ou aquilo ou ter feito transborda. Depois de duas semanas acompanhando Nena, agora transferida para um quarto na área de isolamento, entendo o quanto ela e seu drama, apesar da singularidade que a ela atribuo, são iguais aos outros enfermos. Sua vida vulnerável está sujeita a idênticos abalos.

A minha, coberta de privilégios, levo no piloto automático como se eu fosse uma máquina, minimizando minha humanidade. Desde que entrei no mercado de trabalho, não posso, não me permito adoecer. Ter uma crise de estresse ou tropeçar em qualquer fato que me impeça de zelar pela minha carreira me faria muito mal. Minha profissão é o meu ponto de equilíbrio. A parte mais sólida de minha identidade construí, e sigo aperfeiçoando, por causa dela e por meio dela. Além de ser rentável, trabalhar me faz sentir segura. Quase me sinto feliz. Feliz, felicidade: eis duas palavras que quase não digo.

Como nas visitas anteriores, para ver Nena, no quarto, há o mesmo protocolo de higienização da CTI. Não posso entrar sem antes lavar as mãos, colocar as luvas, a máscara, o avental e as pantufas sobre os sapatos. Ela fez progressos. Saiu da crise, mas seu sistema imunológico segue debilitado. Qualquer germe pode desencadear uma confusão e ser o seu fim. Eu já não me aborreço com toda a parafernália de cuidados, um pouco com o avental. Se não bastasse o exercício de contorcionismo para dar os laços atrás do pescoço e da cintura, ele cobre minhas roupas com uma poeirinha branca desagradável, psicologicamente falando. Como Peter Pan, o menino imaturo e dependente de um pó mágico e das opiniões recalcadas de uma fadinha, me sinto carente e vulnerável. Não gosto de fadas. Prefiro bruxas, gente mais espontânea, disforme e passional, acho que inclusive errante.

Eu tenho um nariz errante, um sistema respiratório obstinado com espirros. Não acordo com barulhos na rua ou no prédio, mas acordo com cheiros. E meu nariz está sempre avermelhado, até parece que uso cocaína. Justo eu que não consigo ter empatia por usuários de drogas, mesmo os das mais leves. Por mais que alguém tente se colocar como inofensivo diante do sistema de tráfico, há uma espécie de cumplicidade com ele quando compra um grama de qualquer droga. Por que não vai às ruas pedir sua legalização? Eu não uso drogas nem lícitas nem ilícitas. Não tenho personalidade aditiva. Tenho é essa rinite infernal. Morreria de desgosto se tivesse de ter a fada Sininho como companhia e se eu tivesse de levar Nena para a Terra do Nunca, mesmo querendo que Nena fique viva. Vejo a morte como uma provocação para ficar viva e em crescimento. Quem não cresce encolhe. E quem encolhe é engolido, como os pais das crianças no livro *A Chave do Tamanho*, pelo gato da família. Menina, pequena, eu queria ser grande. Continuo querendo. Mas o estado de saúde de Nena, o câncer que levou Júlia, a morte do pai, a realidade, enfim, não me fazem crescer para o bem. A dor não me melhora. A dor me fez romper com Deus. Faz anos que não converso com ele. Desapontam-me a sua onipotência, onipresença e onisciência indiferentes e atemporais. Mas Nena conta com ele, segue pedindo pelo seu amparo. E eu a respeito por isso. No quarto, de camisola e meias brancas, assombrada feito o fantasma do Natal passado, a encontro orando com Pedro e sinto um calafrio tamanha a intensidade do momento.

54

Trancada no quarto, debaixo das cobertas, escuto a discussão. O pai e Júlia também se fecharam no deles. Não sei onde os gêmeos e Nena estão. Fazia tempo que os dois não entravam em uma queda de braço e de palavras. As palavras ecoam pela casa. E Júlia parece muito zangada. Cada vez mais alto, ela fala que não admite que ele fale mal de nós. Outra vez, brigam por nossa causa. O pai a acusa de estar nos estragando. Do jeito que vamos sendo criados, ficaremos iguais aos burgueses imprestáveis da família dela, igual ao tio que nunca trabalhou, usando o primeiro mês como desculpa. Como alguém pode começar em um emprego, não tendo recebido nada para bancar suas despesas? A justificativa é, de fato, bizarra. A parentada inteira sabe que se trata de um preguiçoso. Os gêmeos não são. Nem eu. O pai está sendo injusto, mesmo porque se ele não está satisfeito, ele que venha falar conosco. Júlia não é a única responsável por nossa criação. Não entendo como ele não percebe que, do seu jeito, também nos educa ou deseduca. A sua ausência também é uma lição. E essa briga serve de modelo. Com eles, os gêmeos e eu aprendemos a nos hostilizar e a nos dividir. Eles nos separam quando se separam. É seus filhos para lá e seus filhos para cá, como se não fôssemos partes dos dois. O embate de hoje acontece porque o pai cancelou a mesada de um dos gêmeos por três meses. Júlia acha um exagero. Não acha tão grave um de seus filhos ter pegado o seu carro escondido e dá uma banana para o fato de ser menor de idade, acha normal ele querer dirigir e vê até certa graça ele não ter pedido permissão. Ela dirige desde os quatorze anos, meus avós a incentivavam. Por que com suas crias há de ser diferente? Porque existem leis, ela ignora, chamando o pai de recalcado e filho de milico E essa é uma coisa que ela não deveria dizer.

O pai de meu pai era militar, recebia um soldo insuficiente para o sustento de uma família grande. E, assim como o pai, não era recalcado e tampouco alienado ou ignorante. E, é óbvio, não tinha carro. Nunca teve. O pai só foi aprender a dirigir depois de formado, ganhando já dinheiro, casado com ela. Júlia, no fundo, o admira. Mas em discussões, o renega, deixar vir à tona a sua soberba. Ela é muito teimosa e tem dificuldade em render. Os dois têm um pouco. Gritando pela última palavra, lembram a tão boca de engolir pessoas que Júlia sempre disse que Deus tem. Eu não posso dizer que não tenho também uma boca voraz e que não faço mau uso dela. Eu arranco nacos de unhas e digo besteiras, mas ofensas não. Se não fosse piorar as coisas, eu os mandaria calarem a boca. Principalmente, o pai. A voz grave do pai abafa a fina de Júlia, é mais alta que a dela em qualquer circunstância. Não me parece correto ele usar uma vantagem dessa para se impor.

55

Enquanto Nena bate um merengue, ela fala, com Déthinha, sobre a colcha de casal digna de uma princesa que viu em uma vitrine. Pela quantidade de suspiros, imagino ser a mais linda da Terra. Ela, assim como Júlia e suas amigas, as minhas amigas e eu, todas nós temos de nos tornar uma rainha algum dia desde que não nos tornemos, é claro, uma rainha má, o que me parece impossível. Tirando uma que outra colega de escola e uma que outra amiga de Júlia, todas as mulheres que conheço, nem de longe, se parecem com as figuras estampadas nos livros e nos filmes. Tampouco com as bonecas que ganho. Não consigo fazer de conta que elas, com seus olhos claros, bochechas e lábios rosados e cabelos dourados são minhas filhas. Com as de pano que Nena faz com as meias pretas extraviadas do pai, de certa forma, sim. Se não fosse minha queda do alto da árvore e a revelação do espelho de que sou branca, talvez, seria sua mãezinha. Hoje sou uma madrinha incapaz de ser uma também madrinha. A fada-madrinha da Gata Borralheira fez mais por ela do que eu consigo fazer por mim.

Eu escovo os meus, coloco laços de fita cor-de-rosa, pisco meus olhos pretos em frente à penteadeira; belisco as bochechas para ganhar cor; ergo o queixinho como Júlia ensina para melhorar a postura, e nunca, mas nunca, nunca o espelho diz, sequer sugere, que eu seja a mais bela e formosa menina do meu reino. O meu espelho exigente me reprova. Não temos sintonia. Júlia diz que preciso ser bonita. A beleza é uma peça fundamental no destino de uma mulher. Na dos gêmeos não faz diferença. Suas vidas não estão atreladas a essa obrigação. Eles nem precisam ter um destino. Têm de ser fortes, inteligentes e trabalhadores. Devem ganhar dinheiro e apresentar bons candidatos a marido para essa irmãzinha caçula. Fora isso, nada importa. Importa que eu, Mariana, case de véu e grinalda em uma igreja, faça uma enorme e cansativa festa e depois uns bebês, mesmo que eu goste de estudar e tenha disciplina e vontade de trabalhar como os dois. Nena não entende e se prepara para o prometido acontecimento. Um dia, um casamento há de surgir no final de seu túnel porque nenhuma mulher deve quebrar o pacto. E, se é assim, ela que vá então comprar a colcha. Compra, Nena, eu digo esquecendo que o salário dela não se chama de mínimo à toa e que, assim como Júlia, ela não sabe fazer muito dinheiro. Nena não tem economias. A colcha de que fala é para as patroas ou para as mulheres do futuro, que os otimistas dizem acabarão por ganhar como um homem. Eu quero ganhar como um homem. Mais se for possível.

56

O dinheiro de Júlia é dela. O dinheiro do pai é dela e é nosso. Júlia adora repetir essa máxima. Se faz sentido e é verdade, não sei. O da Nena não pertence a ninguém além da própria. Pudera, não faz volume nem em sua carteira. Nena não tem e penso que nunca terá uma conta bancária. Suas moedas não contam. Ou será o seu trabalho? Júlia trabalha menos horas, mas tem prestígio e ao meu pai, um marido. Leciona, na escola em que estudo, meio período. De acordo com o pai, a troco de um salário quase tão baixo como o de Nena. O de ambas mal dá para um mês de maços de cigarros de um viciado. Nena não fuma. Não é doida de queimar seus tostões. Já Julia queima de tudo e com a mesma frequência com que roo as unhas.

O dinheiro do pai, como estamos cansados de saber, dá para todo o resto de necessidades de Júlia e para todo o restante do pacote em seu poder: os meus irmãos e eu, a minha avó mãe dele, uns parentes, uns amigos e até a uns conhecidos e desconhecidos. Diz a avó que ele socorre a todos nós por generosidade e vocação. Desde criança ele é assim. Júlia não discorda de nada. O pai ganha o suficiente para todos, ele que faça o que quiser, não contesta gastos, ela é o seu maior, mas se aborrece e se magoa com os comentários desdenhosos sobre os seus cigarros. Ela os considera valiosos porque os compra sem recorrer a um único centavo dele. Eu gosto disso em Júlia. O dinheiro é muito autoritário e cobra a conta mais tarde. No meu caso, por exemplo, que recebo uma mesada todos os sábados pela manhã, isso fica visível. Primeiro, o pai chama os gêmeos e entrega as deles com um sorriso de satisfação no rosto. Já eu tenho de bater na porta, perguntar se posso entrar e lembrá-lo de que ele não me entregou a minha. Ele me dá sem problemas. Mas tenho de pedir. Penso que é mais ou menos isso que chateia Júlia. Essa diferença de tratamento entre nós e eles. De certa forma, eu sou Júlia. Ou ela sou eu: sua segunda filha, ou a primeira, cada vez que precisa usar o dinheiro que ele ganha. Ele não se aborrece com ela e conosco. Não se trata disso. Quando Júlia quer se exibir, fala que tem um marido antimesquinharia, o mais lindo e charmoso, o melhor provedor que uma esposa poderia sonhar. E fala porque é verdade. Avareza é um fiasco, um fracasso humano. Quem não sabe dar e compartilhar coisas materiais também não sabe dar e compartilhar emoções. O pai e Júlia são queridos. Quando ela fala essas frases, fica muito bonitinha. Sinto vontade de afofá-la como afofo a Nena. O pai é mesmo generoso. Os embates por causa dos cigarros é porque ele acha que eles vão matá-la. Ela não acredita. E diz que, de qualquer forma, o seu fim não é da conta de ninguém. Diz da boca para fora. Júlia sabe que as mães não têm o direito de morrer antes dos filhos terem crescido.

Eu quero crescer com Nena e ela e não suporto a ideia de que algo as tire de mim antes de estarem velhinhas. Nena também se preocupa com a saúde de Júlia. Ela e eu desviramos os calçados dos gêmeos quando eles os deixam com os solados para cima. Superstição, eu sei. Mas quem sou eu para ir contra. Há tantos mistérios ao redor. E realidades também, é claro. E uma que me intriga é o fato de Nena e eu corrermos para comprar cigarros para Júlia no armazém da esquina. De alguma forma, ela nos domina. À Nena mais que eu. Júlia é uma pessoa, como o pai gosta de falar, persuasiva. E esquisita. Ela vai de carro. Uma quadra, meia quadra na verdade. E leva mais tempo tirando o carro da garagem e depois estacionando que se fosse andando. E ninguém, nem os gêmeos a criticam. Eles poderiam pelo menos rir, como no dia em que ela passou com o carro em cima do pé do pai. Ela não queria ajuda. Mas o pai ficou caminhando em volta, dizendo um pouco mais para cá, gira a direção, cuida a distância pelo retrovisor e isso e aquilo tão envolvido com a própria coordenação que não ouviu quando ela mandou, já acelerando, que ele saísse da frente porque ela estava com pressa. Quem manda ser chato? Júlia não queria atingi-lo. Pensou que ele sairia do caminho. O pai se colocou nele feito uma pedra. Não foi barbeiragem. Ela é ótima motorista, uma criatura motorizada desde adolescente. Dirige muito melhor que ele.

57

Posso parecer confiante e à vontade em um hospital, mas é puro teatro. Não tenho vocação para esse tipo de lugar. O cheiro de limpeza e de remédios me dá enjoos. Mesmo aqui nessa cidade rural, cheia de fotossíntese, depois de uns quinze minutos, não importa se andando ou sentada em uma sala de espera ou mesmo na cantina com o Marco, sinto falta de ar. No ambiente de tratamento intensivo nem se fala. Tenho de me concentrar para parecer bem e dar suporte à Nena. Apesar da noite estável, o estado dela é delicado. Há risco de óbito, mas Nena é muito forte, Marco disse. Ele é sincero, detesta expectativas falsas, mas de modo algum tira esperanças. Ele se tornou o médico que sonhava ser: competente, honesto e compreensivo. E faz milagres como o meu pai. Se ele não a tivesse recolhido na rua, ela teria morrido feito um inseto. Ela está silenciosa como um. Eu falo sem parar. Digo a ela que vai ficar tudo bem, que ela está sendo super bem cuidada, que o Marco, imagina, Nena, o Marco é o seu médico, que eu estou aqui, que vou ficar na cidade até ela melhorar. E não sei se ela me entende. Os olhos dela estão colados nos meus como os de Júlia em seus dias finais. Os últimos dias de Júlia foram penosos.

Faz anos que os olhos de Júlia se fecharam. Eles pareciam ateus no dia de sua partida. Talvez antes mesmo. Estou há uma década inteira sem pronunciar a palavra mãe, mas ainda sinto. Não consigo dizê-la. Desde que Júlia morreu eu prefiro chamá-la de Júlia. Ela se torna viva como Nena; e eu me torno menos órfã e aí não vou ao cemitério. Queria. Não consigo sentar em frente ao seu túmulo para contar o que fiz com minha vida. Nestes dez anos, Nena foi em meu nome. Como os gêmeos, Pilatos, Lady Macbeth, lavo as mãos ano após ano. Pago pelas flores nos Finados e passo o fardo restante para ela e para o pai, jogo a dor para eles. Quando o pai morrer, darei um jeito. Eu disse a ele que só voltaria a pisar no cemitério quando fosse a vez de enterrá-lo. Ele encheu os olhos d'água.

Há anos que não desejo mais que ele morra. Quando menina, desejava a toda hora, às vezes até quando eu estava feliz. Mas a morte de Júlia me fez querê-lo vivo. Um vivo inegociável e submisso a todo e qualquer azedume do pai com ou sem a Hidra que o afasta de mim. O desejo de sua morte é um desejo morto. O desejo que agora retorna, me invade, é uma vontade de outra natureza e recai sobre Marco de jaleco, estetoscópio, salvando pessoas como ele. Marco está muito parecido com o pai. Vai ver sempre foram e eu fingia que não via. Há mais diferenças entre mim e Marco que entre os dois. Como Marco falou, o tempo foi duro com ele e não comigo. A luz do dia confirma. Outras emergências além da de Nena, devem tê-lo absorvido enquanto eu, no hotel, azucrinava Hidra pelo telefone. Suas olheiras estão de assustar, e ele está enrugado. Não está feio, está estranho, quase o pai de si mesmo. Fora isso, é como se o tempo tivesse saído de férias. O seu abraço, hálito e olhar seguem idênticos.

58

Voltando à Júlia e seus cigarros, afirmo que nem de longe, ela cogitava morrer de câncer. Ela sequer encarava a morte como uma possibilidade. Seus planos de longo e curto prazo foram de vida para si e para nós. Se ela enfrentou o pai, em discussões, foi para solidificar sua autonomia financeira e porque ela estava, é óbvio. viciada. E viciados, todos sabem, não respondem bem a críticas. O pai não entendeu. Racionalizou e repetiu, talvez por causa do que sente por ela, dois discursos que a irritaram: o de que ela gasta mal o próprio dinheiro e a própria vida. E ele os repetiu como um mantra, um papagaio, um besouro zunidor. Júlia o chama de besouro. Quando eu era criança, eu entendia tesouro. Achava engraçado e querido. Mas ela o chama para ofendê-lo. O pai é insistente e pouco criativo com as palavras. Nem parece o leitor de tantos livros que é. Falta de criatividade que ele estendeu também a comparações e competições insensíveis: fulano teve enfisema pulmonar e morreu; vi o raio- X do pulmão da beltrana, está mais preto que o fundo da nossa lareira.

Comparar pulmões a lareiras é uma de suas especialidades. Segundo ele, nada no mundo remove a fuligem grudada em uma parede e em um pulmão. Acredito. Mas basta de terror. Júlia já passou desse estágio de prevenção. Seu corpo está para lá de intoxicado. Ela precisa de socorro profissional e de um tratamento psicológico que ele não aceita. Júlia não é doida, desparafusada, tantã, ele diz. Eu sei. Não se trata disso. O pai é preconceituoso. Não sei se ela também não é.

Ela está em sala de aula, dissecando o poema *As Folhas da Relva*, no momento em que esverdeia. Um aluno debochado diz que de tanto ela falar em plantas parece uma. A turma ri. Ela ri junto. Aí outro fala que a professora está igualzinha à mulher do Hulk. Eles e ela caem na gargalhada. Demoram uns segundos para perceber que algo sério acontece. Júlia compreende porque uma dor aguda atinge sua barriga, ela grita e os alunos a olham com horror. Não sei como, mas ela mantém o controle e pede que alguém telefone para o pai ir buscá-la. Ele estava certo, infelizmente. E agora?

Agora, Júlia promete jogar fora os maços de cigarro e parar de comer frituras e gorduras. Daqui para frente, será a pessoa mais saudável do planeta. Internada no hospital, escreve, em altíssima velocidade, uma lista de sobrevivência para os que estão com a cabeça a prêmio. Parar de lecionar está entre os itens. Dar aulas para adolescentes, embora ela adore, exige uma energia que ela não pode desperdiçar. Mas ela ainda pode reorganizar o apartamento da praia e o que os gêmeos e eu vivemos quando viemos estudar. Ela precisa de um posto avançado perto dos médicos especialistas. Depois, assim que estiver se sentindo, outra vez, forte, fará uma grande viagem rumo a algum paraíso artístico, ela não gosta dos artificiais, e desenhará as crianças anjos que sempre quis, e, acima de tudo, voltará a ser mãe, a nossa mesmo, a dos gêmeos e minha. Coloca uma estrelinha ao lado da obrigação de nos priorizar.

Eu não estranho a racionalidade. Ela não quer nos controlar, marcar território, essas coisas de caráter invasivo. Quer retomar o zelo materno reprimido por força de nossos crescimentos c da distância geográfica entre as cidades em que vivemos. Quer nos provar que mães nunca deixam de existir. Eu gosto da ideia de voltar um pouco para a barra de sua saia. Jamais deixei de sentir uma certa falta. Ela e Nena me fazem falta. Nada é capaz de cortar os nossos laços. Cidades diferentes podem causar abalos, mas não vencer um vínculo dessa natureza. As duas mães da minha vida, tão diferentes e iguais a si mesmas, são duas potências que não nasceram para me perder. A de Júlia, testada ao extremo, amplia-se conforme o câncer avança. E o meu grau de capricho, semelhante ao dela e à duplicidade de sua existência configurada em mim, nos iguala, funde.

Passo a manter minha casa impecável e arrumada, como se fosse um anexo da que tivemos em comum. O seu toque está sobre as minhas coisas. A imito, copio de propósito. Ela fica contente com a descoberta de que tenho o gosto barroco que ela foi forçada a abandonar para salvaguardar, dos gêmeos e de mim, a integridade dos objetos de nossa casa.

Júlia se tornou quase minimalista ou uma minimalista involuntária, adaptada ao limitado mobiliário e à escassez de objetos, porque os gêmeos, eu e as nossas motricidades amplas e exageradas da infância a obrigamos. Fomos crianças espaçosas em parte por sua vontade. Ela nos ensinou a ser. Queria um lar cheio de movimento, de ideias em ebulição. Teve oferecendo a casa como um útero. E ela tem razão: uma casa só é uma casa quando ela é a mãe.

59

O pai me chama para uma conversa em seu gabinete. Sento-me em uma das poltronas de couro já não tão grandes. Faz tempo que meus pés alcançam o tapete. De fato, cresci. Balanço as pernas como quando eu era menina por molecagem. Ele ignora. Pergunto se dá tempo para eu buscar um suquinho e se ele quer um também. Ele me olha por cima dos óculos. Entendo que ele não tem a noite toda. Quer saber se acredito em Deus, em espíritos e na virgem Maria. Principalmente, na virgem Maria. A história de virgem Maria está se tornando uma obsessão. Ele fala nela no café da manhã, no almoço, de domingo a domingo, em qualquer brecha de horário. Mais um pouco, e ele a colocará em um porta-retrato como fez com seu mentor espiritual. Eu acho bizarro uma pessoa, que trabalha com os colapsos do corpo, precisar tanto do socorro dos mortos. Ele diz que não pode viver sem eles e os convoca com orações, a maior parte masculinas. A exceção é a Ave-Maria, porque a virgem os fascina. Ave-Maria é a única prece feminina e católica que o pai faz e só a faz por reconhecimento à pureza que ela atingiu em todos os níveis. Uma mulher manter-se pura em todos os níveis bate com sua visão de mundo, ou melhor, de como ele gostaria que eu fosse e, não duvido, de que Júlia e a avó fossem também. Ou mais ou menos isso. Nós podemos falar em gravidez, parto, bebês e podemos comentar que Maria, feito às outras mães do mundo, engordou, gerou e pariu o menino Jesus, mas ai de nós se falarmos sobre o papel ativo e carnal de José, o marido receptor dos desígnios de Deus. Para o pai, José não precisa ser lembrado. Para mim, José sempre foi e será o X da questão da sociedade patriarcal. Se ele tivesse sido pai do jeito que um pai decente deve ser, seu filho não teria sido sacrificado pelo poderoso que vive no céu. O modelo paterno de Deus me parece brutal. Mas o pai, é claro, além de achar furada, diz que a minha tese é desrespeitosa e que não vem ao caso.

O que vem é o Marco, o filho de um homem a quem o pai preza e admira embora ache de conversa limitada por não ser capaz de falar em literatura russa e sobre doenças que não sejam as próprias. Já Marco pode. Marco compreende cada vez mais o corpo humano, incluindo o meu, e seu conhecimento ginecológico em expansão pela faculdade de Medicina incomoda o pai. Mais que isso, paira como uma assombração sobre a exigência física que ele considera indispensável para eu ser respeitada. O pai quer saber é se Marco me toca e até onde, usando a linguagem de suas amigas espíritas, avançou sobre a minha carne. Sobre minha alma tanto faz. Meu corpo de fêmea é que é o território valioso. O pai não fala assim desse jeito. Dá voltas. Sua conversa é cheia de curvas, comentários científicos e de elogios à Júlia vestida de noiva, imaculada e pronta para ele na esperada noite de núpcias. Noite de núpcias? Eu nem considero ter uma. Minha cafonice não chega a tanto. Tampouco, minha obediência. De qualquer forma, percebo o seu esforço e até constrangimento. Não deve ser fácil para ele, que ganha o pão nosso de cada dia examinando vaginas, pensar sobre a da filha. Mas não sinto dó e pergunto, já que ele está a falar de pureza, se na minha noite de estreia, devo perfumar os meus grandes lábios antes de colocá-los à disposição do senhor meu marido. Ele percebe o deboche. Levanta as sobrancelhas e o dedo indicador. Peço desculpas. Brincadeira, pai. Ele não acha graça como eu também não vejo nenhuma nesse seu súbito exercício de poder sobre a minha intimidade. O que é isso, esse assunto não é da sua conta, eu falo. É, sim, estou enganada. No consultório, ele acompanha a gravidez de uma moça solteira desonrada por um canalha. E ele se preocupa porque as moças, sem exceção, acabam por acreditar em juras de amor e se entregam. A pobrezinha está condenada, quem a acompanha no pré-natal é o seu pai e não o da criança, ele fala diminuindo a voz. O verbo entregar me irrita. E a condenação mais ainda. A moça não é, nem eu sou, um pacote envolto em laço de fita. Estamos nos anos oitenta, eu pelo menos estou, para ser tratada dessa forma. Aliás, Marco também.

O pai, pelo jeito, não. Ele segue na década de cinquenta, sessenta, na de setenta que tanto o preocupava. E quanto mais ele fala, mais se enrola. Vem com péssimos exemplos. Fala da Marylin Monroe, punida por ter saído de um bolo, cantando feliz aniversário para um presidente. A sociedade não tolera infratoras, diz, me olhando quase que o tempo inteiro por cima dos óculos, parecendo o reacionário julgador e o idiota que nunca foi. Eu menstruo há dois anos. Namoro o Marco há mais de um. Júlia Nena sabem das minhas regras. Nena sabe que não sou virgem. Júlia evita o assunto. E ele poderia saber se prestasse mais atenção à quantidade de cartelas de anticoncepcional que desaparecem da farmacinha que ele tem aqui em casa e se prestasse também mais atenção em Júlia. Júlia está lendo Simone de Beauvoir!

60

Estamos prontas para o cemitério. O balde, os panos, a escova, a vassoura, os sacos de lixo e todo o restante dos objetos necessários, Nena já colocou no porta-malas. Júlia vai nos levar. Ela aparece com diversos buquês de flores, recomendando à Nena que coloque os copos de leite apenas no túmulo do meu avô. Nena vai passar a tarde cuidando dele. Do túmulo, é óbvio. Do avô com seus ossos, o tempo e o esquecimento se encarregam. Júlia gostaria de se encarregar mais de perto também, mas não tem condições de descer nem para dar uma olhada. Está cansada. Precisa dormir. Mas antes de anoitecer, a gente não se preocupe, ela volta para nos buscar. Todos os anos é essa mesma desculpa. Quem cumpre o serviço é Nena. Júlia chama de missão sagrada. Chama porque não é ela que, no final do dia, tem os joelhos e as mãos ressecados e feridos. E o coração. A faxina na casa dos mortos é triste, esgota Nena. De vez em quando, ela chora. Para ajudá-la a suportar o fardo, conto histórias, uma atrás da outra e a obrigo a intervalos para comer. Por mais estranho que pareça, nós duas sentimos fome em meio às lápides. Eu até mais que o normal.

Como com gosto, lambendo as pontas dos dedos, os bolos e as bolachas. Pouco me importo com as mulheres que passam por nós fazendo o sinal da cruz. Eu detesto cruzes. Cada dia mais. No ano passado, antes de começar a limpeza, forcei Nena a dar uma volta pelo cemitério comigo e ir até o outro lá no fundo depois da cerca-viva. Ela pediu que não fôssemos. Os mortos não gostam dos curiosos, e ela os teme. Mas eu insisti. Ah, não, Nena, falei sem me dar conta de que é onde ela vai ser enterrada sem jazigo, argolas e vasos dourados e tão pobre como quando nasceu.

61

Caiu. Sumiu do mapa há quatro meses. É isso que os primos recém-chegados dizem sobre Raul, o primo favorito de Júlia, ignorando que ela sofre de verdade por ele e de que os gêmeos e eu estamos na sala. A última vez em que tiveram notícias, ele estava no Uruguai, com uma amiga e pensava em ir para um outro país. Chile talvez. Da moça também não sabem. Ninguém mais se telefona. Estão todos quietos e há muitos desaparecidos e violência acontecendo. Se ouvi direito, os milicos estão jogando gente de aviões. Não, não é possível. Escuto mal porque eles falam se atropelando, quase ao mesmo tempo. Júlia escuta tudo de olhos baixos, com as pálpebras quase grudando. Se ela fosse religiosa como o pai, eu diria que ora, tentando arrumar algo dentro de si. Já as do pai, ao contrário das dela, piscam descontroladas. Ele parece um desses malucos de rua que andam pela cidade, cheios de cacoetes. E ele treme também e espia a calçada por detrás da cortina. Ele não gosta mais de ir atender os pacientes em suas casas. Não que ele não goste. Ele segue dizendo que os lares têm poder curativo, funcionam como uma espécie de barriga de mãe feita de paredes. O que acontece é que ele anda meio desnorteado e esquece de colocar, na maleta, coisas de que precisa. Eu amo casas. Adoro ver como cada um arruma a sua, onde coloca a TV, se tem estante de livros, o que tem dentro das cristaleiras. E amo a nossa casinha. Adoro cada cantinho, tenho esconderijos e tocas espalhados por ela, a conheço de cima para baixo e de trás para frente. Aqui nessa casinha é impossível algo de mau acontecer.

62

A Júlia e a Nena têm ditados para tudo. Uma repete o que a outra fala feito o tique e taque de um relógio. Não sei quem ensina o que para quem. Sei que ambas insistem com os gêmeos e comigo para que aprendamos suas lições. Um dia Júlia fala a casa é a mãe. Em outro, Nena fala a casa é a mãe. O importante é lembrar que as duas são a mesma casa. Aqui, de algum jeito, todo mundo é o lar de todo mundo. Os gêmeos também repetem o que elas falam e se tratam um como o filho do outro, ou mãe, ou pai, ou tudo isso junto. Inclusive o pai repete como se fosse mais uma criança na família. O pai sente falta de ser menino. Suspira por ele e, sentindo falta, fala de sua infância meio sem teto e sem chão, mas cheia de livros e de bons irmãos.

Os gêmeos e eu gostamos da ideia de ter Nena e Júlia e de ter uma grande mãe de tijolos abraçando a família inteira. E de ter as frases maternais em nossos ouvidos. As palavras movem nosso cotidiano. Estamos construindo o que Júlia chama de léxico familiar. Léxico familiar também é o nome de um livro que ela andava lendo. Léxico é um conjunto de vocábulos. Vocábulos e palavras são a mesma coisa. E tem muitas coisas que são as mesmas com nomes diferentes. A gente deveria pensar um pouco sobre isso. Não que não seja bom. Mas, às vezes, é melhor não complicar e anotar o que faz diferença. As frases que elas mais nos dizem, eu escrevo em meu caderno pessoal. Tenho um. Nem todos os cadernos precisam ir à escola. Não é um diário. É um caderno de aprendizado de mil professores e nenhum. Ninguém olha, corrige, dá nota. E é um lugar sem regras. Algumas frases escrevo mais de uma vez. *A gente tem de gostar de quem gosta da gente e se você não tiver nada de bom para dizer, não diga* nada estão entre as mais multiplicadas. Principalmente essa segunda porque é difícil não falar seja o que for. Meu apelido não é caturrita por acaso. Não tenho vocação para o silêncio. Por um tempo, eu consigo ficar quieta. Júlia já me disse mil vezes o quanto o silêncio é um lugar seguro, mas a verdade verdadeira verdadeiríssima é que eu gosto de me arriscar e me bate muita coceira na língua. Minhas bonecas sabem como ninguém. Eu falo com elas desde sempre. Não gosto de brincar de mãezinha com elas. Gosto de brincar de amigas. A mãe e a Nena sabem que não tenho segredos com elas. Aqui em casa todos sabem e levam na brincadeira, só me pedem para manter com elas o mesmo acordo que tenho com a família: não deixar que ninguém nos escute quando o assunto for os primos, suas chegadas e partidas e sobre o estado de nervos em que vivem.

Os primos são um assunto sério e totalmente proibido. Nem seus nomes devo dizer porque as paredes têm ouvidos. Não que eu saiba mesmo como eles se chamam. De vez em quando, eles erram os próprios nomes. A frase as paredes têm ouvidos não para de subir no ranking das mais ditas. Os assuntos entre as nossas quatro paredes não devem cruzar a porta da rua nem sob a mira de um revólver. Nem sob a mira de um revólver também é uma das frases que eles todos não param de falar. Eu jurei por tudo o que Júlia e Nena pediram jamais dizer um ai sobre eles. É difícil. Eu não acredito nos meus juramentos, mas entendi que esse preciso cumprir porque, na escola, as paredes também escutam. Elas estão sempre de orelhas em pé, prestando atenção em nós, usando as professoras, as boas, as más e as péssimas, para perguntar sobre os nossos pais e nossas vidinhas. O colégio reforça o que o pai vem dizendo sobre o coração do mundo. O pai diz que o coração do mundo está pifando. Ele não simpatiza com minha professora de português. Nós a encontramos bastante porque o marido dela é colega dele no hospital e os médicos adoram se reunir em almoços de confraternização. O pai simpatiza ainda menos com ele que com ela. Ela dá aula também para os gêmeos. Os gêmeos tiveram a ideia de estender nosso ranking de anotar frases para a sala de aula e começaram a listar as expressões com que ela nos chama: cabeças de bagre, cabeças de repolho, cabeças de vento, cabeças ocas.

A minha, ela deve achar que é de papel, supervazia. Manda-me anotar em uma folha os nomes dos colegas que conversam ou fazem qualquer tipo de bagunça quando ela sai da aula para resolver qualquer treco. No último almoço, contei, e a Júlia e o pai e a mãe disseram quase ao mesmo tempo: estão ensinando nossos filhos a serem dedo-duros. Perguntei afinal o que é ser um dedo-duro, e o pai, sem pestanejar, disse que é ser um filho da puta. Júlia não gostou da resposta. Não só porque puta é palavrão, mas porque, segundo ela, ser puta não é uma opção, é uma violência, um tipo de destino inventado pelos homens para humilhar e catalogar. Eu gostaria de saber mais sobre destino. Quando acontece algo ruim, triste, de chorar mesmo, com a Nena ou com as irmãs dela, ela sempre murmura palavras sobre elas nunca conseguirem escapar do delas.

63

A cada palavra, seja sobre a saúde de Nena, seja sobre nós dois, me sinto mais próxima de Marco. Depois de anos sem contato, as poucas horas com ele devolveram-me a minha fase mais feliz. O ambiente hospitalar com seu cheiro forte desapareceu. Marco é pura endorfina. Nossa adolescência passa pelo meu cérebro como se eu folhasse um álbum de fotografias nítido e colorido. Marco é, de novo, o Marco. E eu estou, de novo, na pele de menina que não me machucava e não havia ainda ferido o namorado tão amoroso. Marco não guarda rancor. Nunca teve um caderninho de mágoas. Seu coração não é condicional. Segue com os dezesseis anos que tinha quando o encontrei. E o seu olha segue refletindo o futuro como antes. Eu gostaria que o futuro fosse como antigamente. Não quero mais pegar o carro e voltar para casa. Não quero voltar para o meu lugar de uma de uma pessoa só.

64

O pai deu um relógio de ouro cravejado de brilhantes para Júlia quando os gêmeos nasceram. Ela o perdeu durante a última viagem. Esqueceu em alguma mesinha de cabeceira de um quarto de hotel. Ele entende a perda como descuido e o descuido como desamor. Bem verdade que Júlia é zelosa. Os gêmeos e eu sabemos na pele. O pai acho que também. Ela anda, no entanto, distraída. Ou triste. Se esforça para prestar atenção no que dizemos, mas, pelos bocejos, a gente vê que está em outro lugar. Raul morreu. Raul e outros primos. Perguntei como, de quê? O pai disse que de acidente de carro. Não acredito. Ele e Júlia não foram chamados para os enterros. Mortos sem funeral. Perguntei o que está acontecendo, o que escondem. Quis pôr em prática a liberdade de expressão que eles amam. Ignoraram minhas perguntas como se eu não tivesse ouvido as falas sobre torturas e assassinatos. O pai pegou sua maleta e foi para o hospital, e Júlia puxou o meu cabelo. E eu não fiquei braba nem magoada. Ela pareceu estar de volta à vida, foi para o telefone convidar as amigas para um chá das cinco.

O chá das cinco aqui em casa é, também, uma coisa sem explicação. Não é misteriosa, mas é esquisita. Mesmo a louça sendo inglesa e mesmo o bule sendo de prata, ele, de britânico, não tem nada, começando pela falta de pontualidade das convidadas. A maior parte ou não tem relógio ou não sabe ver as horas ou é mesmo mal-educada. Júlia já não se importa. Para ela, tanto faz se elas chegam juntas ou separadas e com atrasos de quinze minutos ou meia hora desde que às sete da noite todas se retirem. Se bem que o limite de tolerância de Júlia vem encolhendo. Júlia está no limite do limite. Ela gosta das amigas do jeito dela ou já não gosta delas coisas nenhuma. A encenação e gritaria que fazem, sem dúvida, a aborrecem. Quando elas sabem que vão ganhar presentes, se tornam insuportáveis. Puxam o saco e aumentam a dose de frescuras e de rivalidades. A mais metida a superior é quem dá o ritmo. Júlia sabe, mas se faz de tonta, não quer polêmicas. A perda do relógio tão valioso em todos os sentidos é um sobre o qual elas querem saber mais detalhes. Perguntam se Júlia tem certeza de que o levou na viagem e depois começam a levantar suspeitas sobre o que elas chamam de criaturas sujeitas a furtos de ocasião. Não acusam Nena de tê-lo roubado. Não de modo explícito. Vão, pelas bordas, insinuando que até a mais perfumada florzinha pode se transformar em um espinho, uma felpa, um punhal pelas costas, porque uma mulher pobre, uma doméstica, uma mulher de outra classe social é um risco.

Júlia vê a maldade, eu vejo as ruguinhas se formando nos cantos de seus olhos, o primeiro aviso de que ela está aborrecida, mas Júlia sabe se controlar. Domina o que ela chama de traquejo social. Faz tempo que, para não ficar sozinha nos jantares, no clube, na vida de esposa do respeitado doutor, ela se segura. Não há dúvida de que Júlia confia mais em Nena do que em qualquer uma de suas amigas. Nena é sincera e transparente. Nena é uma pessoa fora de série. Eu adoro a expressão fora de série. E é um tipo inesquecível como sua mãe, a minha avó também tipo inesquecível.

Nena não fala de ninguém pelas costas, não lança olhares invejosos, não quebra nada por acidente, não inventa mentiras e nunca, jamais, fica dengosa e joga os cabelos para lá e para cá cada vez que se depara com o meu pai. Nena é uma mulher irmã das outras mulheres, a sorte grande de Júlia. A irmã que eu gostaria de ter se ela não me tivesse como filha. Nena me adotou. As amigas de Júlia não adotaram nem as crianças que pariram. Mal gostam de si. Várias detestam os maridos. São desunidas e nojentas. E sendo nojentas e eu sendo menina, me autorizo a dizer que não venham mais tomar chá, que se reúnam e vão se oferecer como vacas no próximo remate de gado da cidade.

65

A avó jura de pés juntos que não fez de propósito, ela não seria maluca de cutucar uma onça com vara curta, mas justo agora que o pai está atordoado com a perda do relógio da Júlia, ela dá para os gêmeos e para mim uns muito menos caros do que o que ele deu para Júlia, acendendo de novo o falatório. O meu, da Disney, com a pulseira de couro laranja, exibe um Mickey com olhinhos piscando os segundos dentro do visor. Um sucesso total entre os meus colegas, principalmente para uma menina. Todos os dias, ela me pede um pouquinho emprestado. Vou emprestando. No início por cinco minutos, depois meia hora, duas horas, a manhã toda. Chega um momento em que falo pode ficar com ele. A avó não vai se chatear. Ninguém irá, eu penso, até a hora em que, no meio da tarde, Nena entra assustada em meu quarto. Minha coleguinha e sua mãe estão lá embaixo. Júlia quer que eu desça correndo. A menina está com o rosto inchado, com cara de quem levou uma tunda. Pergunto o porquê. A mulher diz que é porque a filha é pobre, mas não é ladra. E quem disse que é? Eu dei o relógio a ela. Nós somos amigas. A mulher então chora. Soluça como diante de um caixão. Acredita e não acredita que foi um presente. Júlia me diz para eu dizer com todas as palavras se afinal foi ou não foi. Repito que dei o relógio a ela na aula, que é dela. Mas minha coleguinha abre a mão, diz obrigada, mas eu não o quero, Mariana e depois me vira o rosto para sempre.

66

Para sempre Hidra deixou o pai. Não morreu. De mala e cuia e coisas que eram de Júlia foi embora lá de casa. Os casacos de pele, raposa, essas vestes da geração delas que eu não quis trazer para minha casa, levou na malinha de mão de sua ganância. Eu não iria usar nada, é fato. Não tenho gosto em usar animais. Mas de qualquer forma, pertenciam a nós, os filhos de Júlia, mesmo aos gêmeos. Os homens podem usar as roupas de suas mães e as mulheres as roupas de seus pais. E Hidra sabe, mesmo que não concorde, como sabe também que são peças caras. Vai ver fará negócios com elas. O pai estava hospitalizado. Então foi fácil para ela chamar um frete. Depois de um almoço feito por ela e de uma discussão, ele passou mal. Brigaram por minha causa. Ela quebrou o porta-retrato que mandei, no Dia dos Pais, com uma fotografia de nossa família no tempo em que eu era criança. Disse que sobre a mesinha de cabeceira aquela coisa, eu Mariana, não podia ficar. Fazia meses que o pai não me via nem impressa em um pedaço de papel. Nem aos gêmeos. Nem a ninguém. Não recebia mais visitas. Ordens dela. Aí, com o território abandonado pela fera, peguei a estrada e fui para a casa dele cuidá-lo em seu estado de pele, osso e amargura. Não consigo mais dizer minha casa. O pai me tirou algo além do molho de chaves. Mas minha filha, minha filha, ele disse na minha chegada sem saber o quanto me fizeram falta essas palavras. São muitas as faltas desde o câncer agressivo que matou Júlia. Eu fiz pelo pai o que pude dentro de um processo cansativo, já quase sem intuição, esvaziada, com ele resmungando, me chamando de mãe, perguntando por onde anda Júlia, querendo saber em que quarto está, gritando com as enfermeiras, perdendo-se, enfim, em alta velocidade, das memórias que o fizeram um homem inteiro e feliz. O pai foi um homem feliz quase toda a sua vida. Em seu funeral, filas intermináveis de gente demonstraram genuíno pesar. Nena estava triste. Tristíssima. E, embora doente ainda em fase de hemodiálise à espera de um rim, foi ela quem me manteve calma, o apoio forte. Ela e Marco. Nena e Marco nunca me deixaram sozinha. Marco disse, aos vinte e poucos anos, que, acontecesse o que acontecesse, ele estaria comigo nas horas boas e nas horas más. E cumpriu sua palavra. Talvez essa seja a última vez que você precise de mim, Mari, ele me disse há pouco em uma videochamada. Nena vai ter alta, deu tudo certo, está salva, logo pegará a estrada para casa. Como assim a última, perguntei. Ele mudou de assunto. Entrou uma mensagem do hospital, preciso desligar, fique tranquila, estarei com os olhos sobre Nena. Os olhos. Pela primeira vez, os olhos de Marco me pareceram ateus. Ele sabe de algo que ainda não sei. Ou sei. Eu quis muitas coisas em minha vida. O que você quer ser quando crescer, me perguntou a professora do jardim de infância. Forte, respondi. E hoje acho que entendo o porquê.

BESOUROS
ABSTÊMIOS

Este livro foi composto na tipologia Garamond 11/15
impresso em Papel Avena 80g/m2 em julho de 2023
para a Besouros Abstêmios